그래도
사랑하길
참 잘했다

그래도
사랑하길
참 잘했다

초판 1쇄 인쇄 2020년 09월 07일
초판 1쇄 발행 2020년 09월 18일

지은이 | 이민혁
펴낸이 | 김의수
펴낸곳 | 레몬북스(제396-2011-000158호)
주   소 | 경기도 고양시 일산서구 중앙로 1455 대우 시티프라자 802호
전   화 | 070-8886-8767
팩   스 | (031) 955-1580
이메일 | kus7777@hanmail.net

ISBN 979-11-85257-97-6 (03810)

※ 잘못 만들어진 책은 구입처에서 교환 가능합니다.

이 도서의 국립중앙도서관 출판예정도서목록(CIP)은 서지정보유통지원시스템 홈페이지
(http://seoji.nl.go.kr)와 국가자료종합목록 구축시스템(http://kolis-net.nl.go.kr)에서
이용하실 수 있습니다. (CIP제어번호 : CIP2020031495)

사람과 사랑에
상처받은 마음에게 전하는
위로 산문집

그래도
사랑하길
참 잘했다

이민혁 지음

레몬북스
lemon books

프롤로그

제 본명은 장재철입니다. 제 이름이 싫진 않지만 살아가면서 많은 불편함을 느낍니다. 부모님이 지어주신 소중한 이름에 문제가 있는 것은 아닙니다. 어느 순간 제 안에서 자라난 불편한 나무 한 그루가 평생을 저와 함께하기에 어느 곳에서든, 누구 앞에서든 제 이름을 편히 말하지 못합니다. 저만이 느끼는 불편함으로 인해 스스로 온전한 모습을 드러낼 수 없어 필명을 씁니다.

누구나 감추고 싶고 숨기고 싶은 단점이나 부족한 것들이 많습니다. 저 또한 오랜 시간을 좋은 것들로만 자신을 감싸고 포장하면서 살아왔던 것 같습니다. 그랬더니 아니나 다를까 그것이 저 자신을 좀먹고 곪아터지게 하였습니다. 어느 순간 내려놓고, 인정하고, 받아들이니 평온과 행복이 보였습니다.
긍정의 기운과 영향력은 사람이 살아갈 수 있도록 끊임없이 인공호흡을 해주듯 아름다운 것들을 창조하고 세상을 무너지지 않게 만들어줍니다. 하지만 우리 삶에서 언제나 긍정을 갖고 산다는 건 어려운 일입니다. 세상은 거칠고, 어둡고, 헤쳐나가야 하는 것들이 너무나도 많기 때문입니다. 어디를 둘러봐도 내 편은 없는 것 같고 세상에 놓인 많은 것이 언제든 내게 다가와 달콤한 유혹으로 저를 나약하고 병들게 할 것만 같습니다.

저 역시 많은 시간을 유혹에 흔들렸었고 병든 몸과 마음으로 물질적, 정신적으로 시달리면서 많은 것을 잃은 후에야 휴식이 필요하다는 것을 깨달았습니다. 치유의 과정에서 저 자신과 세상을 여러 가지 시각으로 바라보려고 노력했습니다. 그 노력의 가운데서 글을 써나가기 시작했습니다.

그렇게 첫 번째 책에 이어 두 번째 책의 원고를 쓰기 시작했을 때 제 안의 사랑과 행복은 꺼지지 않고 더욱 커져갔습니다. 평온한 마음으로 세상과 사람들을 바라보며 둥근 마음으로 적어나갔습니다.

가끔 모난 마음이 튀어나오려고 할 때도 있었습니다. 그럴 때마다 눈을 지그시 감고 마음을 평온하게 가지려 노력했습니다. 사람이건, 상황이건, 일이건, 끊을 수 없는 어려운 관계 속에서 가장 중요한 건 나 자신이었습니다. 좋은 관계를 유지하려 노력하는 것은 타인을 배려하는 일 같아 보여도 결국은 나 자신에게 좋은 일입니다.

그리고 또 하나, 모든 걸 잘하려는, 누구에게나 좋은 사람이 되려는 '욕심'을 줄여야 합니다. 우리는 어느 순간 깨닫습니다. 아등바등 놓치지 않으려 욕심부리던 것들과 나 자신을 내려놓을 줄도 알아야 한다는 것을요. 그러면 평온함이 찾아온다는 것을요.

삶과 인생은 절대 비단길이 아닙니다. 오히려 거친 자갈밭이나 가시밭과 같습니다. 그러나 그런 고통과 고난 속에서도 미소를 띠며 웃는 사람들이 있습니다. 예전엔 이해할 수 없는 이상한 사람들 같아 보였지만 이제야 그 미소가 무엇인지 알 것 같습니다.

저도 한때는 날카롭고 뾰족했던 각진 마음을 둥글게 만들려고 노력 중입니다. 이 책에 쓴 모든 이야기는 세상을 둥글게 바라보고픈 마음과 사랑을 가득 담았습니다. 마지막 책장을 덮는 많은 분의 마음도 부드러운 동그라미가 되어 원하는 행복을 가득 얻길 바랍니다.

이민혁

2

눈 감으면
선명해지는
것들

그래도 사랑하길 참 잘했다

1
슬픔에 가려진 것들

CHAPTER 1

어두운 밤을 걷는 나에게

섬세하다
예민하다

❖

섬세하다. 예민하다. 이 두 단어가 몇 날 며칠 머릿속을 맴돈다.
단어 자체도, 느낌도 조심스러워 섣불리 글을 써나가지 못했다.
그러던 중 "섬세한 것은 대개 예민하다"라는 구절을 만났다.
예민하니까 섬세하고, 섬세하려면 예민해야 한다, 라고 말할 수도
있겠다.
그런데 '대개'라는 말이 무언가 내 마음을 건드려 한참 동안 그 감정
위에서 머물렀다.

나는 섬세하다, 그러나 예민하지는 못하다.

어떠한 일을 하거나 상황에 몰입을 하면 여러 번 부르거나 건드려
도 쉽게 반응하지 않는다.
누군가에게 집중을 해야 할 때면
기쁜 표정도 여러 가지, 라는 것이 보이고,

슬픈 표정도 상황과 때에 따라 그 크기가 달라 보인다.

상대의 작은 표정과 몸짓에도 반응을 하며 대처하는 능력은 상승했지만

그로 인해 나 자신을 잃어버렸는지 배도 고프지 않고,

고단한 하루를 보낸 뒤에도

피로 따위가 몰려와 잠을 자거나 쉬고 싶다는 충동이 쉽사리 들지 않는다.

나는 예민하다, 그러나 섬세하지는 못하다.

예민하기 때문에 아무도 날 건드리지 않았으면 좋겠다. 일은 벌여 놓았는데 불편함도 모르고 치우지도 않는다. 주위는 늘 어질러져 있고 만성적인 귀찮음의 짜증과 반복의 일상으로 하늘을 보며 한숨을 내쉬는 시간만 늘어간다. 아주 가끔은 숨 쉬는 것조차 의미를 잃어가는 쓸데없는 생각에 빠지곤 한다. 소중함으로 든든히 채워졌던 날들이 의미 없는 시간으로 꽉 막혀버린 일과가 되어버린 지 오래 되었다.

널 만날 땐 섬세했는데
너와 헤어진 후 예민해졌다.

아름답게
새겨진 순간

❖

번화가를 걷다가 맛있어 보이는 길거리 음식이 보여 자연스럽게 그쪽으로 발길이 향한다. 주문을 하고, 돈을 내고, 입맛을 다시며, 음식을 건네받은 얼굴은 세상 행복한 표정이다.

"이야, 맛있겠다!"

한입을 베어 무는 순간 오물거리던 입가의 근육은 멈추고 시선은 방향을 잃고 여기저기 흔들린다. 입안에 담긴 음식을 꿀떡 삼키지도 못하게 잠깐, 정지된 시간 속에 머문다. 그러곤 아무도 눈치채지 못한 미세한 울컥거림을 힘겹게 눌러가며 손에 담긴 음식을 다 먹는다.

> 가던 길을 계속 가는 발걸음은 몇 분 전보다 느려졌고,
> 가던 길을 계속 가려는 시선은 몇 분 전보다 빨라졌다.
> 상점이 바뀌고 간판이 바뀌었어도 익숙한 향기와 풍경이 머릿속에 가득 차버렸다.

전에 비해 많은 것이 달라진 장소였지만, 오직 내 눈에만 보이는 흔적들이 오만 가지 감정을 불러일으켰다. 마치 영화 같은 순간순간의 장면들이 그곳에 머물러 있었다.

기억과 추억이 아름다운 회상이라면 남겨진 흔적은 로맨틱한 영화의 애절하고 아름다운 장면들을 끊임없이 이어 붙여 만든 스토리 없는 영화였다. 그 영화의 주인공이 나였고, 당신이었다.

꿈꾸던 당신을 만난 건 알 수 없고 정해지지 않은 미래의 어느 날이었다. 어쩌면 미래는 알 수 없는 것도 아니고 정해지지 않은 것도 아니다. 당신과의 사랑으로 남겨진 것들로 삶을 살아가니까.

기억은 원한다고 선명하게 보이지 않는다. 그러나 예상치 못한 때 선명하게 떠올라 가슴을 울린다. 이제는 내가 아닌 그 누구도 보지 못하지만 그곳엔 누군가와의 작은 이야기가 아름답게 새겨져 있다. 그것으로 지친 하루의 끝에 미소를 지어본다.

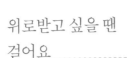

위로받고 싶을 땐
걸어요

❖

가끔 위로받고 싶을 때 거리를 걷는다. 한 손에 커피를 들고 그냥 한
없이 걷는다. 커피 향기에 취해 잠시 눈을 감자 바람이 나를 건드린다.
감은 눈꺼풀을 지나 뺨을 타고 내려와,
목덜미를 스치고 머리를 헝클어뜨린다.
"울고 싶을 때 울고, 웃고 싶을 때 웃어."
그렇게 메아리치는 듯하다. 그 몇 분간의 평온한 기운이 온몸에 스
며들었을 때 귓가에 울리던 목소리는 내가 나 자신에게 하는 말이
었다는 걸 깨닫는다.

뭐가 그렇게 두려워서 입술을 깨물며 참았고,
뭐가 그렇게 미안해서 환한 미소를 주지 못했나.
후회도, 미안함도, 고단함도
그리고 내게 왔던 웃음들도 밟으며 걷는다.

미안해.

고마워.

괜찮아.

나도 모르게 튀어나오는 말들이 나와 같이 지금 여기에 있다.

맛있는 커피야.

바람이 달콤해.

조금 더 속도를 높여 걸어본다.

삶의 고뇌와 고통을 완전히 떨치진 못하더라도 소중한 내일의 시간을 위하여 위로받아야 하고 위로받을 자격이 있다. 어차피 미련은 남고 후회의 끈은 계속 이어진다. 그걸 안다면 이젠 두려워 말고 미소를 지어보자. 그늘져 있던 마음 한구석에 기다렸던 온기가 널리 퍼져 푸른 새싹들이 돋아날 수 있게 말이다.

아닌 길을
가보자

❖

옳고 그른 것, 선택만이 놓여 있는 삶과 인생에서 늘 옳은 길만을 걷고 싶겠지만 인생에는 무수히 많은 길이 있다는 걸 기억했으면 좋겠다. 아닌 길은 가보지 않으면 왜 아닌지 평생 알 수가 없다.

가시밭길을 굳이 알 필요는 없을 것이다. 그러나 준비 없이 거친 파도를 무방비 상태로 맞는 것보다 기다린 듯 미소 지으며 겸허하게 두 팔 벌려 받아들이면 그보다 깔끔하고 후련한 일은 없을 것이다. 뭐든 완벽한 대비와 방어는 없는 줄 알지만, 피와 살이 될 수 있는 좋은 경험을 일부러 피하거나 거부할 필요도 없다. 경험하지 않고서는 모든 것의 고통과 상처를 이해할 수 없다.

실패할 것 같은 일
실패할 것 같은 사랑

해답 없는 외줄 타기로 스스로의 몸과 마음을 피폐하게 만드는 것
보단 인생이라는 큰 바다와 같은 삶에서 자신의 판단과 선택을 좀
더 현명하고 지혜롭게 발전시켜 나가는 것이 행복으로 가는 지름길
이라고 믿어 의심하지 않는다.

흐르는 눈물이 쌓여 수분이 날아가고
짭짤한 농축액만 남으면 언젠가는 알게 된다.

그 반짝이는 작은 것이 자신을, 세상을 그리고 주위에 사랑하는 모
든 것들을 위한 것이었다고.

텅 빈
위로

❖

오랜만에 연락이 닿은 친구랑 번화가에서 맥주 한잔을 했다. 안색이 그리 좋아 보이지 않던 친구는 이내 표정이 밝아지고 즐거워했다. 그동안 어떻게 지냈냐며 서로의 안부를 묻고, 한두 시간이 지나서야 친구는 자신의 힘든 현실을 털어놓았다. 내게 무엇을 부탁하는 것은 아니었지만 세상 모든 짐을 다 짊어진 것 같아 나 또한 마음이 점점 무거워졌다.

깊은 새벽이 돼서야 친구와 헤어지고 난 후 엉킨 실타래처럼 뒤죽박죽된 머리와 가슴을 조금이라도 풀어보려 무작정 걷기 시작했다. 그제야 하나둘씩 떠오르는 말들은 갈 곳도, 방향도 잃은 채 새벽이슬에 젖은 아스팔트 위에 떨어져 발길에 여기저기 치이다 흔적도 없이 사라졌다. 눈가에 눈물이 맺혔지만 흐르진 않았다. 가슴속에서 뭔가가 요동쳐 정신을 다잡지 않으면 튀어 올라올 것만 같아 심호흡을 크게 한 후 다시 천천히 걸었다.

어떤 정신으로 귀가를 했는지 기억은 나지 않지만 그 만남의 여운이 선명하게 남았다. 어제저녁 친구와의 만남은 한동안 잊고 있었던 위로를 끄집어내어준 것이었다. 아마 친구는 내게 위로를 받고 싶었겠지만, 그 순간에는 나도 속이 비어버린 껍데기 같은 상태여서 안아주는 것 외엔 어떠한 말도 해줄 수가 없었다.

뭔가를 채우려고 자신보다 나아 보이는 누군가에게 어렵게 손 내밀었지만 알고 보면 자신과 같은 껍데기인 경우가 있다. 흘린 눈물을 받아주고 덜어내고를 해야 하지만 그러지 못할 때에는 서로가 흘리는 눈물은 보이지 않는 바다를 만들고 그 안에서 하염없이 허우적댈 뿐이다.

서로를 위해 위로를 건네지만 상처는 아물지 않는다. 그리고 이제 나는 약간은 정신이 혼미한 상태에서 핸드폰의 연락처를 계속 뒤적이고 있다. 나를 위로해줄 누군가를 찾는 듯이.

누군가에게 어렵게 손 내밀었지만
살고 보면 자신과 같은
정데기인 경우가 있다.

그렇게 각자의 자리에서
쓸쓸함을 안은 채 살아간다.

그 헛헛한 마음을 채우려
오늘도 연락처를 뒤적인다.
나를 위로해줄
누군가를 찾는듯이.

순수한
행복

❖

복잡한 지하철 안, 겨우 입구 쪽에 서서 기대어가고 있는데 한쪽에서 교복 입은 여자아이들의 말소리가 들려왔다.

"야! 남자친구 있으면 정말 행복할 것 같은데 어떻게 하면 생기냐?"

"살도 좀 빼고 화장도 좀 바꿔봐, 그게 뭐냐?"

"그나저나 난 미칠 것 같아. 저번 주에 남자친구랑 헤어져서 아직까지 너무 우울하고 짜증나. 다음 주에 시험인데 공부도 안 되고 돌아버릴 것 같아."

"내가 공부하는 것 도와줄 테니까 넌 예뻐지는 법 좀 알려줘!"

"아, 나도 빨리 남자친구 생겨서 행복해지고 싶단 말이야!"

어린 친구들의 푸념 가운데 유난히 '행복'이란 단어가 귓가를 맴돌았다. 우리는 행복해지기 위해서 누군가를 만나고, 사랑하고, 함께한다. 하지만 자신의 행복을 위해 사물이 아닌, 누군가를 혹은 반려동물 같은 생명을 옆에 두는 게 쉬운 일일까?

어쩌면 행복을 명분으로 타인에게 울타리를 치려는 건 아닐까? 혹은 지금 당장 비어 있는 마음을 채우려 그 순간 내 곁을 지나가거나 곁에 머무르는 것에 이입시키려는 건 아닐까.

> 행복과 슬픔은 항상 붙어다닌다.
> 나는 어떠했나. 풍선껌처럼 부풀어오르는 행복 뒤에 무엇이 있는지 보았나.
> 빌딩 사이로 뉘엇뉘엇 기울어가는 노을을 한쪽 뺨에 담으며 혼잣말을 되된다.

그래, 어쩌면 갖고 싶은 행복이 뭔지 너무 잘 알고 있어서 오히려 그것 외의 행복들을 보지 못하는 것일 수도 있다. 순수하다는 건 모른다는 뜻이 아닌, 순수하지 않은 걸 겪었어도 금방 잊어버리고 흘려버릴 수 있는 그런 마음이 아닐까. 언제든 다가오는 행복을 의심 없이 순수하게 맞이하고 받아들여야 진정한 행복이 아닐까. 행복에 대해 다시금 곱씹는다.

❖

어쩌면 안정적이고 평화로운 삶은 무색무취의, 있는 듯 없는 듯 살다가 연기처럼 사라지는 삶일 것이다. 늘 그렇듯 삶과 인생은 선택이다. 촛불이 되든 장작불이 되든 아니면, 촛불로 살다가 장작불로 타오를 수도, 장작불로 살았지만 촛불처럼 잔잔해질 수도 있는 것이 인생이다.

속에서 무언가 꿈틀거릴 때 그것이 원하던 열정이었는지, 원했던 야망이었는지 알아볼 기회조차 없이 놓치고 살아가는 경우도 허다하다. 그리고 지나간 것들에 갖는 미련은 가장 쓸데없는 시간낭비이다. 기회는 주어졌을 때 잡으라는 말이 있지만 그 기회가 내 것인지는 그때 그 순간 나 자신이 말해주는 것이다.

아무것도 본 적이 없고 아무것도 들리지 않았다면 그 기회는 자신의 것이 아닌 게 확실하다. 기회는 준비돼 있는 자에게 언제든 다가와주는 것이라는 걸 잊지 않았으면 한다. 정신없는 나날 속에 어느

순간 환한 빛이 비친다면 평온하게 쉴 수 있는 기회이고, 잔잔한 삶 속에 갑자기 폭풍이 몰아친다면 이제 나가야 하는 기회일 것이다.

너무나 흔한 말 중에 순간에 최선을 다하라는 말이 있다. 이 말은 모든 순간에 최선을 다해서 에너지를 쏟아부으라는 말이 아니다. 한참 동안 열정을 쏟아부었다가 걱정될 만큼 오랜 시간을 침체했다 하더라도 그 시간을 통해 또다시 다가올 폭풍우에 맞설 힘을 비축한 것이니 다시 최선을 다하면 된다.

할인
중독

❖

어느 샌가부터 사람들은 뭔가를 살 때 할인을 당연하게 생각하며, 할인이 없으면 손해를 보는 것처럼 여긴다. 그도 그럴 것이 거의 모든 매체에서 경쟁적으로 많은 혜택을 주는 것처럼 광고를 하고 곁들여서 구매를 하게끔 유도하는 뛰어난 기획력을 갖춘 회사들도 많다.

솔직히 나도 어떤 물건을 사려고 할 때 비슷한 물건 중에 좀 더 싸거나 혹은 하나를 사면 하나를 더 주는 제품은 없나 먼저 눈길이 간다. 딱히 필요도 없는 것인데 '저렴하니까' 구입을 하거나 기회는 이번뿐이라는 절대의 순간에 사로잡혀 결국 지갑을 여는 일이 아주 빈번하다. 그 정도가 심해지면 '중독'이다.

그것이 혼자만의 행복이라면 문제될 일이 없겠지만 할인중독에 빠진 사람들은 좋은 건 나누라는 누군가의 말처럼 주위의 사람들에게도 그 행복을 전파하려 한다. 먹고 싶지도 않은 음식인데, 행사를 하니까 한번 먹어보자. 딱히 필요도 없는 물건인데, 한정 상품이야. 옆에서 건네는 강력한 권유에 동조되어 구매하는 일도 다반사다.

어느 날 한턱내겠다는 친구의 반가운 연락에 들뜬 마음으로 나갔다. 초행길이라 휴대폰으로 이리저리 검색하여 찾아가는 길은 조금 험난했지만 오랜만에 보는 친구와 맛있는 음식을 먹으며 즐거운 시간을 보낼 생각에 이쯤이야 싶었다.
여기가 어떤 곳이고 어떤 음식을 파는 곳인지, 내 입에 맞을 만한 건 뭐가 있는지를 둘러보기도 전에 친구는 메뉴판을 보지도 않고 몇 가지 음식을 시켰다.
조금 아쉽긴 했지만, 미리 가장 맛있는 메뉴를 알아왔겠거니 싶었다. 서로 안부 인사만 주고받았을 뿐인데 금방 음식이 나왔다. 아무리 봐도 양이 좀 적게 느껴졌고 퓨전음식인지 솔직히 입에도 맞지 않았다. 식사를 마치고 만족스럽진 않았지만 차와 디저트는 내가 사겠다며 자리에서 일어났다.
계산대로 간 친구는 상품권으로 보이는 종이용지와 휴대폰을 번갈아보며 몇 초면 끝날 계산을 몇 분 동안, 계산해주는 분과 약간의 실랑이를 해가며 겨우 마쳤다. 한 발짝 물러나 지켜보던 나는 음식점을 나온 뒤 친구에게 말했다.
"밥 잘 먹었어. 근데 미안해서 어쩌지? 집에 급한 일이 생겨서 가봐야 할 것 같아. 디저트는 다음에 먹자. 정말 미안해."

돌아서는 발걸음이 무거웠다. 그날 이후로 머릿속에 할인이 전제되어야만 하는 만남이라면 두 번 다시 하고 싶지 않다는 생각이 꽉 차 버렸다.

주머니 속에 천 원짜리 몇 장으로 떡볶이 한 접시를 먹어도 그 보잘것없는 음식에 담긴 마음을 같이 나눠 먹었던 때가 그리웠다. 이제는 그것이 너무 어려운 현실이어서 슬펐다.

후회하지
않으려면

❖

우리는 살면서 수많은 후회를 거듭한다. 그래서 최대한 후회를 줄여나가며 살고 싶어서 오늘도 지혜롭고 현명한 생각들로 머릿속을 가득 채우며 하루를 보낸다. 때로는 자신보다 나이가 많거나, 사회적으로 지위가 높거나 혹은 많은 지식을 품고 있는 사람들의 말을 마음속에 새기려 한다. 그러면 분명 잃는 것보다 얻는 것이 더 많고 스스로도 쇠퇴하기보단 나아가게 된다. 하지만 한 가지 간과하는 게 있다. 누가 봐도 예뻐 보이는 성공의 길은 수많은 고통을 감내하며 나아가야 한다는 것이다.

누구나 원하고 좋아 보이는 것들은 사실 가지고 가져도 끝이 없다. 그리고 어느 순간 가질 수 없는 것들에 대한 동경이 크게 느껴질 것이다. 그것은 분명 타인이 해봤던 후회를 많이 안 해봤기에 오는 것들이다. 어쩌면 원하지 않는 경험과 시간을 피해가며 스스로 현명하고 지혜로운 삶을 살고 있다고 자부하기 때문일 수도 있다.

삶 속에 자리하는 여운들은 나이를 먹으면 어느 순간 비슷해진다. 두려움과 걱정으로 인해 피하고 포기했던 순간들은 분명 먹고 싶었던 음식을 못 먹은 아쉬움보다 몇백 배, 몇천 배 이상 크게 다가올 것이다. 그런 아쉬움들을 조금이라도 줄여나가야 인생을 잘 살고 있구나! 잘 살았다! 하며 웃을 수 있을 것이다.

노을을
바라보며 (18369)

❖

나와 닮은 사람을 만나면 묘한 기분과 감정이 든다. 기분이 나쁘다는 게 아니라 신기하고 아무래도 눈길이 간다. 더욱이 감정과 감성까지 비슷하면 약간은 소름이 돋는다. 평행이론을 믿지는 않지만 어쩌면 어딘가에는 나와 같은 감정을 갖고 살고 있는 누군가가 있겠구나, 라는 생각이 들 때면 혼자인 삶에 따뜻한 에너지가 전해지는 것 같다. 그렇게 생각하면 매우 감사한 일이다.

수많은 사람과 어울려 지내는 삶 속에서도 고독은 있고, 외로움은 늘 깔려 있으니까. 내 안에 있는 짙은 감정들은 나조차 구체적으로 표현할 방법을 모를 때가 많기에 다른 사람에게 이해받기도 어렵다. 그래서 나와 공통분모를 가진 누군가를 만났을 때 반가운 것이다.

첫 책을 출간한 후 진심으로 내 글을 아껴주고 사랑해주는 독자들의 마음에 울컥한 날이 하루 이틀이 아니었다. 내가 변치 않으려는 것 중 하나는 작은 모임이라도 불러주는 곳이 있으면 서슴없이 가서 좋은 기운을 전달해주자는 마음이다.

가끔 한두 분께서 어디에는 안 오시냐 물으실 때가 있다. 그럴 때마다 작은 자리라도 꼭 가고 싶다는 마음을 전달한다. 나는 대단한 사람도 아니고 이제 겨우 글쓰기를 시작한 작가다. 단 한 명이 나를 만나고 싶다 해도 그 마음이 너무나 감사하다.

그러던 중 지방 어느 곳에 사시는 한 분이 몇 번이나 요청하셔서 너무 고마운 마음에 약속을 잡았다. 내성적인 면이 있는 내가 어쩌자고 그런 제안에 승낙을 한 건지 고민이 많아졌다.

며칠 동안 '어떻게 만나지? 어디서 만날까? 몇 시간 동안 무슨 대화를 하지?' 등등 별별 생각이 많았다. 시간이 어찌나 빠른지 곧 약속한 날짜가 코앞에 다가왔다. "약속한 날이 기다려집니다. 작가님!" 그분의 메시지에 나는 긴장이 됐다.

만나는 당일, 약속장소에 30분 정도 일찍 도착하여 지하철 출구 앞에 있는데, 거울을 보지 않아도 뻘쭘하게 서 있을 내 모습이 그려졌다. 이내 많은 사람이 우르르 몰려 올라오는 계단에서 그분과 나는 서로를 한눈에 알아보고는 반가운 마음에 자연스럽게 포옹으로 첫인사를 나눴다. 충분히 당황스러울 수 있는 상황이었는데 뭔가 친근한 느낌이었다.

그 후에는 그분이 서울에 올라오실 때면 꼭 들러서 마신다는 특별한 커피를 테이크아웃해서 북적북적한 어느 시장 길을 걷기 시작했다. 한참 이야기를 나누며 도착한 맛집에서는 자리에 착석하자마자 서로를 위해 준비한 선물을 주고받았다. 어색했지만 내내 웃음꽃을 피웠다.

늘 스치는 시간이지만 유난히 더 따뜻하고, 유난히 더 간절하고 애절한 것들을 드러내고픈 욕망이 솟구친다. 그러나 그 모든 것을 드러낼 수는 없다. 낮이 짧아지는 겨울의 문턱에서 누군가와 함께 노을 지는 풍경을 바라보며 좀 더 많은 것을, 좀 더 오래 나누고 싶다는 생각을 한다. 꼭 많은 대화와 표현이 서로에게 궁금한 것들을 해소해주거나 돈독한 관계를 만들어주는 것은 아니다. 남겨져야 할 것들을 알기에 진하게 지고 있는 노을을 같이 바라보며 그 순간을 마음에 새겼다.

이 모든 걸 처음 본 누군가와 나눴다는 것이 삶에서 너무나 특별한 부분으로 기억된다. 변함없이 흘러가는 일상과 자연을 다시 되돌아보고, 깊게 되새겨보는 기회가 많이 주어진다면 정말 행복한 사람일 것이다. 그 시간, 그 공간은 펜이 부러지도록 강하게 눌러쓴 종이 위의 자국처럼 삶의 길에 진하게 새겨질 것이다. 그 추억과 그리움은 삶을 살아가는 또 다른 이유가 된다.

하늘에 떠 있는 수많은 별과 시시때때로
모양이 변하는 달이 주는 느낌은 각양각색이다.
가만히 밤 풍경을 바라보고 있을 때면 드넓은 하늘 아래
누군가도 같은 것을 보고 있겠지, 하는 하나의 마음을 만들어준다.

왜 연락이
없어?

❖

전화벨이 울린다. 한동안 연락이 뜸했던 친구다. 반가운 마음에 흥분된 목소리로 인사를 하고 안부를 묻는다. 한참 서로 어떻게 사는지 근황 이야기를 하다가 친구가 이렇게 물었다.

"왜 연락이 없었어? 무슨 일 있는 거야?"

"일은 무슨, 아무 일 없이 잘 지내고 있어."

"그런데 왜 연락이 없었어? 서운하다."

"미안해. 언제 시간 돼? 한번 보자."

그렇게 만나기로 약속한 날짜가 다가온다. 그럴수록 한숨이 흐른다. 거울에 비친 내 모습은 그 누가 봐도 꾀죄죄하고 초라하기 때문이다.

하루하루가 걱정인 삶 속에서 반가운 친구의 연락은 가뭄이 깃든 여름날 단비와도 같이 잠시나마 촉촉하게 적셔주었다. 그러나 그것도 잠시, 다시 말라가는 대지 위에 고이는 건 흐느끼듯 흐르는 처량함뿐이다. 만날 날을 기다리고 있을 친구와 달리 나는 어떤 이야기를 꺼낼지, 나의 불안함에 친구의 이야기가 귀에는 들어올지, 나도 모르게 실수하면 어쩌지, 여러 가지가 고민이다. 아니 그전에 트레이닝복을 입고 만날 수는 없으니 어떤 옷을 입고 만나야 할지도 문제다.

만나면 꼭 솔직히 이렇게 말하고 싶지만 아마도 못 할 듯싶다.

"정말 연락하고 싶었고, 보고 싶었어. 그런데 이 꼴로는 차마 연락할 수 없었어. 이해할 수 있겠지?"

원하는 것을
얻는 방법

❖

한 여자는 오랫동안 남자친구가 없었다. 자기 관리도 잘하고 인기
도 많았지만 자신의 마음에 드는 남자를 만나기가 쉽지 않았다. 그
러던 어느 날 말로만 듣던, 후광이 비치는 어떤 남자가 눈에 들어왔
다. 여자는 이내 남자를 향해 돌진하듯 다가가 말을 걸었다. 자신감
은 그 누구보다 넘쳐흘렀기에 백퍼센트의 확신을 가지고 남자에게
당당히 대시했다. 그러나 그 남자는 당황하는 기색을 숨기지 못하
고 뒤로 물러나기만 했다.

몇 번의 대시에도 원하는 반응을 보이지 않자 자존심이 무너진 여
자는 몇 날 며칠 주위 사람들에게 하소연했다. 여자의 말은 돌고 돌
아 그 남자의 귀에도 들어갔다. 그러자 그 남자는…

"당연히 황송할 정도로 감사했죠. 그런데 제가 원하는 분은 아니었
어요."

"아니 왜요? 진짜 인기 많은 사람인데, 대체 어디가 마음에 안 들었
는지 이해를 할 수가 없네요."

사람들은 그 남자를 이해할 수 없었고 분명 뭔가 문제가 있는 남자라고 생각했다. 그리고 얼마 후 그 남자에게 여자친구가 생겼다. 누가 봐도 예쁜 여자와는 거리가 멀어 보였지만 여자를 보는 남자의 눈빛은 봄날의 어느 햇살보다 따스했다. 누군가 남자에게 지금 여자친구는 어떤 이유로 만나는지를 묻자 남자는 이렇게 답했다.

"지금 여자친구는 저를 처음부터 잘 알더라고요. 또 다른 저를 보는 것 같아서 행복해요."

자신이 가진 장점을 어필하면 성장할 수 있고 발전할 수 있는 시대에 살고 있지만 그것으로 반드시 원하는 것과 원하는 사람을 얻는 수 있느냐는 절대 비례하지 않는다.

무언가 성취하길 간절히 원한다면 앞만 보고 돌진하는 것이 아니라 안전속도를 유지하며 원하는 것이 어떤 것인지 헤아리며 가야 한다. 그리고 저절로 내 안에 들어오도록 편안한 길을 터주며 자연스럽게 섞일 수 있게끔 자신을 최대한 투명하게 만들어야 한다. 원하는 것을 능력껏 다 가질 수 있는 현실이라면 그보다 삭막할 수 없을 것이다. 그러나 다행히 삶의 어느 시점에 돌아보면 애초부터 내게 주어진 것들이 분명 어딘가에 숨 쉬고 있다.

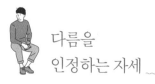

다름을
인정하는 자세

❖

새로운 사람들을 만나고 다른 경험을 할 때는 설렘과 기대도 있지
만 약간의 긴장과 두려움이 공존한다. 그리고 보편적으로 경험이
적거나 나이가 어릴수록 숲보다는 나무 한 그루, 한 그루를 보려는
경향이 강하다. 내 어린 시절을 떠올려보면 철저히 세상의 중심은
나였고, 내 생각과 행동이 크게 틀렸다고 느낀 적은 거의 없었다. 그
로부터 나이를 좀 더 먹고, 더 많은 일을 해보고, 더 많은 사람을 만
나면서 달라졌던 것 같다. 예전엔 사람 관계에서 배려나 겸손 같은
미덕을 실행하려고 애를 썼다. 그러나 내가 원하는 아름다운 관계
는 나의 어떠한 행위를 보태는 것이 아닌 나를 뺄수록 형성된다는
걸 깨달았다.

첫 책을 출간하고 불러주는 곳이 종종 있어서 활동도 자주하게 되
었다. 사람들이 모여 있는 공간도, 강단이 있는 곳에서 말을 하는 것
도, 모든 것이 놀랍고 신기한 경험이었다.

그러다 글쓰기 모임과 레슨식의 자리에도 참석할 기회가 있었다. 정말이지 글쓰기에 열정을 보이는 분들이 많았고 그런 자리에서 나는 작가라는 명칭 때문이라도 많이 긴장되고 조심스러웠다. 나보다 열몇 살 이상 어린 친구들의 글쓰기와 열정을 보니 난 아직 멀었다는 것을 느낀 소중하고 고마운 자리였다. 나이가 중요한 건 아니지만 나는 그 나이 때 그런 생각과 이런 행위들이 쓸데없다는 안일한 생각만을 해서 그랬나 보다.

그런데 한 번, 두 번 모임의 횟수가 늘어갈 때마다 위축이 되는 나 자신을 발견했다. 나는 내가 알고 있는 것들을 나눠준다는 마음으로 최대한 긍정적인 표현을 하려고 노력했는데, 리더가 없는 토론식의 글쓰기 모임에서는 잘못을 짚어내고 비평하는 분위기가 깊었다.

그것을 내가 더 이상 받아들이기 힘든 시점이 오자 나는 그저 소심한 마음을 접고 자리에서 일어날 수밖에 없었다.

문제는 내 마음 하나였다. 모두 내가 감내해야 할 것이었다. 누군가보다 나이도 많고, 삶의 경험도 많다고 해서 내가 그보다 낫거나 잘난 건 하나도 없다. 반대로 누군가의 시선에 내가 부족해 보일 때도 마찬가지다.

언젠가부터 이런 마음을 갖게 된 것 같다. 예전엔 이성적과 논리적으로 모든 걸 펼친 후 토론하고 언쟁하며 좋은 마음, 불편한 마음, 모든 것을 한바탕 뒤섞고나야 끝이라는 생각이 들었다.

그러나 시작과 끝은 무언가로 정해지는 것도, 무엇으로 인해 끝을 맺는 것도 아니었다. 같은 공간에서의 시작과 끝이라 하더라도 각기 다른 시작과 끝일 것이다. 좋은 것만을 보여주고 표현하려는 시간이 가식적인 모습을 주고받기 위한 것이 아닌, 각자가 펼쳐놓을 수 있는 좋은 것들이 무엇인지 헤아리는 아름다운 시간이 되어야 한다.

꼭 옳고 그름을 논하고 선을 그어야 하는 건 아니다. 나와 다르다는 사실을 인정하는 것이 공존의 방법이다. 자신과 다른 것들을 인정하며 받아들이려는 마음이 얼마나 중요한지 매 순간 느끼지만 매 순간에 흘리는 것이 보통의 삶이다. 그 마음을 조금이라도 가슴 한쪽에 새기고 살다 보면 세상이 왜 아름답게 보이는지 조금은 알 수 있는 것 같다. 그 쉽지 않은 인간관계 속에서 오늘도 힘겹게 살아가는 모든 사람을 응원할 뿐이다.

악플을
받고 싶습니다

❖

삶의 변화를 조금은 기대하며, 부푼 마음으로 첫 책을 출간했지만 삶에서 그리 큰 변화는 일어나지 않았다. 아니다. 주방에서 손이 부르트고 근육통으로 고생하던 옛 시절에 비하면 꾸준히 글을 쓰고, 글로써 소통과 관계를 맺어간다는 것이 신기하고도 큰일이다. 진심으로 마음과 정신적으로는 너무나 행복한 삶이다.

하지만 어느 작가의 이야기를 들어보면 꼭 행복한 소통만 있는 건 아닌 것 같다. 책도 여러 권 출간하고, 강연도 꾸준히 다니는 이름이 알려진 작가인데, 근거 없고 이유 없는 악플에 시달려 괴로움을 참고 참다가 결국엔 악플러를 고소했다고 한다. SNS에 진행상황을 수시로 올리며 독자들과 소통하는 그 모습이 내가 보기에도 안타까워서 "작가님 신경 쓰지 마세요. 애정독자들이 더 많으니 힘내세요"라고 댓글도 달고 그랬다.

그러고 보니 연예인의 삶이 그런 것이었다. 글을 쓰는 작가가 연예인은 아니지만 결과물로써 불특정 다수와 소통하기에 삶에 어떠한 변수가 있을지 모르는 직업이다. 무언가 이슈가 되면 관심이 없던 사람들에게도 관심을 받고 소위 말하는 유명세를 치를 수도 있다. '악플'보다 무서운 건 '무플'이라고 했던가? 그래서 비난과 지탄보다 쓸쓸한 무관심으로 한 줌의 먼지가 되어 사라지는 인생을 원치 않기에 엄청난 스트레스를 이겨가며 소신을 굽히지 않고 살아가는 것인가.

행복해지고 싶어 여기까지 흘러온 지극히 평범한 보통 사람인 나도 한 줌의 먼지가 되어 사라지기 싫은 마음에 글쓰기를 시작한 것 같다. 입 밖으로 나오지 못했던 수많은 생각을 낙서처럼 적기 시작한 어느 날부터였던 것 같다. 어차피 태어난 인생, 삶이 끝나기 전에 호박이라도 꼭 찔러보고 맛을 보고 싶은 생각과 염원은 간절하지만, 평범하다 못해 눈에 띄지도 않게 살아가는 삶. 그게 나였다.

분명 사람들은 살면서 단 한 번은 자신이 원하는 그곳에 꼭 오르고 싶다는 생각이 간절할 것이다. 그 간절함을 내가 글로 쓰는 것처럼 다른 사람들은 각자의 방법으로 세상을 향해 표현하며 살고 있을 것이다.

그것으로 인해 나와 당신이 이유 없는 비난과 악플을 받는다면 분명 벌렁거리는 심장을 쥐어 잡고 몇 날 며칠을 고민하며 숨죽여 지낼 것이 뻔하지만 당당해져야 할 것이다. 왜냐하면 세상 아무도 모르게 씁쓸한 한 줌의 먼지가 되는 건 누군가와 피 터지게 싸우는 것보다 더 비참할 것이 분명할 테니 말이다.

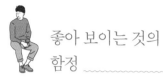

좋아 보이는 것의 함정

❖

며칠 전 보험회사에서 전화가 왔다. 없는 돈이라 생각하며 모아뒀던 적은 돈을 근 십여 년간 저축성보험에 납입하고 있다가 근래에 급한 마음에 몇 번 중도인출을 해서 사용한 적이 있었다. 그로 인해서 그런 건지 몰라도 보험회사에서 컨설팅을 해주겠다는 전화가 왔다. 의심할 만한 상황도 전혀 아니었고 얕은 지식으로 대충 검색을 해본 결과 내게 도움이 될 것 같아 만나기로 했다. 약속한 날, 1시간여 동안 기존 보험상품의 문제점을 듣고 향후 조금이라도 이익이 될 수 있게끔 설계를 받았다. 뭔가 되게 감사한 마음이 드는 하루였다.

그리고 바로 다음 날 새로운 계좌로 완벽한 컨설팅을 해놨으니 기존 계좌를 해지하라는 문자를 받았다. 그런데 하필 당일은 바쁜 날이어서 내일 하겠다고 말했다.

또 그다음에는 뭐에 정신이 없었는지 깜빡했다. 그렇게 한 삼사일을 잊고 있었는데, 상담을 해준 그분이 친절하게 해지하라는 메시지를 보내왔다. 더 늦추지 말고 일처리를 해야겠다는 마음에 본사 콜센터에 전화를 걸어 이것저것 물어보는데 뭔가 싸한 느낌을 받았다. 상담원이 의아해하는 목소리로 기존계좌도 나쁘지 않은데 왜 해지하려는지 이유를 물었다.

순간 아니다 싶은 생각이 들어 보류하겠다 이야기한 후, 전화를 걸었다. 오랜만에 연락한 동생이었다. 자초지종 이것저것 설명을 하니, 당장 새로 계약한 계좌를 해지하라는 말이 돌아왔다. 다행히 그렇게 일은 마무리됐고 연락한 동생에게 고마움과 미안함이 가득한 하루를 보냈다.

일반적인 시각으로 봤을 때 그 보험회사 직원도 맡은 바 본연의 일을 한 것으로 내게 사기를 쳐야지, 하고 접근하지는 않았을 것이다. 다만 그분이 가족이나 가까운 사람들에게도 내게 하듯 설계를 해주었을까? 하는 의문이 남기는 했다. 그러고선 이런 생각이 들었다. 남이야 어떻게 되든 자신의 이익을 위한 일이 정당화될 수 있을까? 좋아 보이는 많은 것을 더욱 예쁘게 포장하여 다른 사람을 현혹시키며 사는 삶을 언제까지 유지할 수 있을까? 그렇게 얻은 것들로 원하는 행복을 원하는 만큼 많이 가질 수 있을까? 안타까운 마음에 내내 쓸쓸한 하루였다.

이기적인 삶을 사는 사람들이 많은 현실에서 함정을 잘 구분하는 법은 무얼까? 서로를 못 잡아먹어 안달 난 세상에서 사람들은 얼마나 힘들게 살아갈까? 우리 모두가 행복할 수 있는 삶과 현실은 진정 없을까? 너무 골몰했는지 두통이 찾아와 진통제를 하나 먹고 생각했다.

"그나저나 영경이를 한 번 보긴 해야 되는데… 애가 고기를 좋아했었나? 해물을 좋아했었나?"

김종순

❖

희미한 기억이 하나 있습니다. 유난히도 짙은 노을이 지는 하루였습니다. 저마다 하루를 마감하기 위해 발길이 분주한 시간이었습니다. 김종순의 얇은 원피스가 천천히 불어오는 바람에 나풀거리는 걸로 보아 늦봄 정도 되는 것 같았습니다. 따스한 바람과 함께 산책을 하는 김종순의 왼손을 어린아이가 놓지 않으려는 듯 꼭 붙들고 있습니다.

자신의 허리에 닿지도 않는 작은 어린아이와 발을 맞추느라 그녀의 발걸음은 아주 느렸습니다. 한 발짝씩 내디딜 때마다 허리를 숙이곤 자신의 커다란 눈에 어린아이의 얼굴을 최대한 담으려 합니다. 새하얗고 가지런한 이가 다 보일 정도로 환하게 웃으며 이렇게 말합니다.

"아들, 엄마가 사랑합니다."

어린 아들은 다른 건 다 기억하지 못해도 그때 김종순의 얼굴에 떠오른 미소만큼은 사진을 찍은 것처럼 기억하고 있습니다.

지금의 김종순은 세월의 풍파를 못 이겨 눈꺼풀이 내려와 눈의 반을 덮어버렸지만, 그때 김종순의 눈동자는 아들을 다 넣어도 남을 만큼 정말 컸습니다. 행여나 넘어질세라 한 발짝, 한 발짝 발을 내디딜 때마다 어린 아들을 내려다보곤 했습니다.

그렇게 큰 눈이 환하게 웃을 때면 얇은 초승달이 되고, 새하얀 이빨에 오렌지 빛이 감도는 붉은 노을이 반사됐습니다. 어린 아들은 눈이 부신지 찡그리고 피하기 일쑤였지만요. 살랑살랑 아지랑이를 그리던 노을은 금세 저물었고, 낮 동안 태양 빛을 충분히 머금은 밝은 달이 천천히 떠오릅니다. 그러나 그때의 오렌지 빛 노을은 영원히 저물지 않는 것 같습니다.

그렇게 한순간, 시간이 멈췄습니다. 그 멈춘 기억은 이제 꿈속에서만 볼 수 있습니다. 그 행복한 꿈을 달마다 여러 번씩 꾸었습니다. 김종순의 얼굴을 1년에 한두 번 볼까 말까 했던, 이유 없는 반항기가 절정에 달했던 20대엔 더 자주 꾸었습니다. 김종순보다 키가 더 커버린 아들이 마음에도 없는 말과 행동을 하고, 그녀에게 소리를 지르며 화를 낼 때마다 그 꿈을 꾸었습니다. 그러면 화들짝 잠은 깨어버리고 눈가는 촉촉해집니다. 그러면 아들은 또다시 짜증을 내곤 어디론가 박차고 나가버립니다.
아들은 김종순이 해주는 밥이 세상 무엇보다 제일 맛있었지만, 일부러 먹지 않은 날이 많았습니다. 그렇게 오랫동안 먹고 싶어도 못 먹은 무수한 쌀알이 이제는 물방울이 되어 눈가를 타고 하염없이 흐릅니다. 시간이 흐르고, 커다란 눈망울로 어린 아들을 내려다보던 김종순의 얼굴이 기억에서 멀어지고 눈 감아도 떠오르지 않을 때쯤 부터 새벽하늘을 쳐다보는 습관이 생겼습니다. 캄캄한 그곳의 반짝이는 작은 것들을 모으면 볼 수 있다는 생각을 했거든요.

요즘은 가끔 노을을 봅니다. 그런데 이상하게 색깔이 없는 노을입니다. 안경에 뭐가 묻었나, 깨끗이 닦아내고 다시 노을을 봅니다. 여전히 무채색의 노을입니다. 그래서 마음속에 늘 작은 붓 하나와 오렌지 빛 물감을 넣고 다닙니다. 지는 노을을 한참을 뚫어져라 바라보며 열심히 색칠을 합니다.

그러나 다 칠하기도 전에 노을은 금방 져버리고 하늘은 캄캄해집니다. 그런 날이 반복되면 이유 없이 보고 싶어도, 이유 없이 보러가진 않습니다. 꼭 이유를 만들어야만 보러갈 수 있습니다.

"어쩐 일이냐?"

매번 똑같은 걱정스러운 물음에, 매번 똑같이 흘리듯 그냥, 이라고 답합니다. 대화는 그게 전부지만 가슴은 뜨거워집니다.

가볍게 얼굴만 보고 발길을 돌리다가 다시 뒤를 돌아봅니다. 들어가라는 말에도 그 자리에 그대로입니다. 단 한 번도 먼저 돌아서는 모습을 본 적이 없습니다. 그러다가 우연찮게 살짝 비친 뒷모습을 봤을 때 알았습니다.

김종순의 색이 점점 옅어지고 있었습니다.

기억 속에서 선명했던 붉은 색은 점점 색을 잃어가고 있었습니다.

뜨거워지는 눈시울을 감추고 싶어서 딴청을 자주 합니다. 그리고 고개를 젖히고 되도록 하늘을 깊게 쳐다봅니다. 그래야 눈물이 흐르지 않습니다. 여전히 돌아가는 길에도 노을은 지고 있습니다. 노을빛은 점점 옅어지고 있습니다. 그런 하루를 보낸 뒤에는 김종순의 나지막한 목소리가 몇 날 며칠 동안 아무것도 하지 못하게 머릿속을 울립니다.

"엄마는 너를 하루도 사랑하지 않은 적이 없단다."

비 오는 날
사랑 한 잔

❖

시원하게 내리는 비는 많은 것을 씻겨 내려가게 해주지만 고달픈 현실의 모습마저 씻겨주지는 않는다. 피폐해진 영혼에는 여유와 휴식이 상쾌하고 따뜻한 빗방울이 되어준다.

추적추적 내리다 못해 질퍽하고 끈적이는 원치 않는 빗방울이겠지만, 그 사이에서 나는 오늘도 커피 한 잔을 마신다. 청량한 빗소리를 들으며 따뜻한 온기를 코로 깊이 들이마시고 살며시 눈을 감으면 요란한 빗소리마저 포근하게 안아줄 것 같은 그리운 누군가의 포옹이 떠오른다.

비가 내릴 때 생각나는 누군가가 있다면 그에게 따뜻한 사랑 한 잔 건네보자. 찌푸린 얼굴만 가득한 하루 속에서 편히 숨 쉴 수 있는 온기가 피어나도록 말이다. 그 온기는 비를 타고 어디에선가 나와 같은 생각을 하고 있을 누군가의 마음에 닿을 것이다.

기억력이
나쁜 아이

❖

학창시절 공부를 참 못했다. 미친 듯이 노력한 건 아니지만 그래도 아예 놓은 것은 아니었는데, 나중에 시간이 흘러 성인이 돼서야 깨달았다. 나는 머리가 나쁘다. 정확히 말해 기억력이 부족했다. 뛰어나지 않은 기억력으로 삶을 살아간다는 건 쉽지 않은 일이다. 삶은 되도록 많은 것을 기억해야만 편하고 즐겁다.

다만 정말 좋은 것이 한 가지 있다. 마음이 편하다는 것이다. 스트레스도 보통 사람들보다 덜 받는다. 처음부터 그랬던 건 아니었다. 욕심과 야망으로 30대 초반을 정신없이 보내고나니 원치 않던 기억들이 차츰 흐려지는 것 같았고, 원하는 기억들은 파노라마 사진처럼 머릿속 어딘가에 저장되었다.

많은 것을 채우고 싶었지만 뜻대로 되지 않아 속상했던 순간들이 지워졌다는 게 다행이라는 생각도 든다. 처음부터 많이 이루고 채워나가는 삶이었다면 지금의 나는 없었을 테니. 부족함으로 형성된 현실의 자아에 만족하는 것이 이상하겠지만 채워지지 않았거나 빠져나간 부족함이 뜻하지 않았던 좋은 것들로 채워졌기에 감사한 삶인 것이다.

그렇게 여전히 기억력이 좋지 않은 사람으로 살아가고 있다.
앞으로도 뜻대로 되지 않는 삶일지라도 내게 주어지는 기억과 추억을 마음에 새길 것이다.

열심히
해라

❖

어렸을 적 부모님의 잔소리 중에 열심히 하라는 말이 제일 듣기 싫었다. 사랑과 격려가 담긴 따뜻한 말이라는 건 잘 알지만, 누구든 어렸을 적을 회상해보면 알 것이다. 내가 열심히 하고 싶은 일은 전부 어른들이 싫어하는 것이었다.

시간이 흐르니 당시엔 몰랐던 이유를 조금은 알 것도 같지만 그래도 여전히 받아들이기는 힘들다. 왜냐하면 세상에는 열심히 하는 것보다 더 위에 있는 것이 있기 때문이다. 바로 잘하는 것이다.

사람들은 원하는 것을 잘하고 싶어서 열심히 하지만 그렇다고 모든 사람이 다 잘하진 못한다. 그리고 나이가 어느 정도 들었을 때쯤 그것들을 왜 잘할 수 없는지도 알게 된다.

우리가 뭔가를 잘못한 게 아니다. 잘하는 사람들이 이미 엄청 많기 때문이다. 경쟁이 너무나도 치열해서 노력한다고 해도 그 안에서 얻는 것보다 잃는 것이 더 많다.

부모는 자식에게 사회가 원하는 틀 속에서 열심히 하라고 이야기한다. 하지만 일찍이 열심히 하는 것과 잘하는 것은 비례하지 않는다는 사실을 깨달은 이들은 자신의 삶을 살아간다. 자신이 원하는 일을 한다고 해서 따사로운 햇살만이 내리쬘 것 같지만 발 아래는 가시밭길이다. 불효자식 소리를 각오해야 하는 평온과는 거리가 먼 삶이다.

그러나 꼭 알아야 할 것이 있다. 열심히 하라는 말은 '사랑'이라는 것을. 미안한 마음에, 안타까운 마음에, 줄 수 있는 걸 전부 주고 싶은 이유 없는 사랑이란 걸 절대 잊어서는 안 된다. 당신 걱정으로 밥 한 끼 편히 먹지 못하며 가슴 졸이는 누군가가 전하는 마음이다. 전에는 그것이 사랑인 줄 몰랐다. 이제는 내 차례인 것 같다. 부모님 귀에 딱지가 앉도록 이렇게 말해야겠다.

"이제 좀 쉬세요."

좋고 나쁨의
문제가 아니다

❖

대화를 하다가 이런 경우가 있다.

"거 참 답답하네. 이건 좋고 나쁨의 문제가 아니야."

"그럼, 뭐? 좋지도 않고 나쁘지도 않으면 어쩌라는 거야?"

"좀 꺼려진다고 무조건 싫다고만 하지 말고 잘 생각해봐. 어떻게 좋은 것만 하고 살아? 다 너를 위한 거야."

우리가 살아가는 현실에서 가장 단순하면서 즉흥적이고 쉬운 표현은 두 가지이다. '좋다'와 '나쁘다'. 많은 생각이 필요 없고 주관성과 객관성을 크게 논하지 않더라도 즉시 내 생각을 표현할 수 있는 말. 우물쭈물하지 않고 단순 명료하게 내 의사를 표시할 수 있어 서로가 오해 없이 좋은 관계를 유지할 수 있는 대답이기도 하다. 그러나 어느 순간 그 단순한 어느 쪽에도 속하지 않을 때 우리는 흔히 '멘붕'이 온다고 한다.

좋다 혹은 나쁘다, 흑백논리는 명확하다. 더 이상의 논쟁이나 반박을 제어할 수 있는 팩트(fact)다. 하지만 나이가 들어가면서 그 분명하던 경계가 모호해질 때가 있다. 혈기왕성한 20대엔 강한 개성과 뚜렷한 주관으로 인해 좋은 것들만 가까이하고 싫은 것들은 멀리하고 배척하려 한다. 그러나 사람이란 건 알게 모르게 조금씩 변해가는데 그 알 수 없고 인정하기 싫은 묘한 시간 안에서 성향이나 취향도 변할 수 있다. 여기서 누군가는 변하지 않으리라 생각했던 좋은 것들과 멀어지고, 꺼리던 것들이 정감 있고 친근하게 느껴질 수도 있는 것이다.

냄새만 맡아도 코를 막으며 고개를 절레절레했던 음식이 어느 날 생각이 나서 먹어보고 싶다는 마음이 생길 수도 있고, 어제까지 맛있게 잘 먹던 음식에 갑자기 거부감이 들어 못 먹게 될 수도 있다. 나 역시 그렇게 좋아하던 수박을 어느 날부터 갑자기 못 먹게 되었다. 아직은 참외나 오이는 먹을 수 있지만 조금은 걱정이다. 비슷한 부류의 음식이라서 언젠간 못 먹게 될 것 같은 느낌이 든다.

삶에서, 인생에서 영원불변은 없다는 걸 조금만 살아보면 느낄 수 있다. 그리고 뜻밖의 상황과 현실을 마주할 때도 있다. 처음에는 불편하게 느껴질 수도 있다. 그 의아한 순간들 속에서 그것을 받아들일지 말지, 좋은 건지 싫은 건지 알 수 없는 상태에 놓인다. 나는 그것을 '또 다른 자신과의 만남'이라고 부르고 싶다.

"너 그렇게 안 봤는데…"라는 말을 좋아하지 않는다. 변해가는 것이 당연한 세상에서 다르게 보이거나 변하는 것들을 극구 부정하려 하는 모습은 그 누가 봐도 '꼰대' 같은 발상인 것이다.

자신은 변화에 두렵고 변할 수 있는 용기가 없어서 자신보다 나아지는 것들을 애써 부정하려는 낙후된 자의 쓸쓸한 모습 같기도 하다. 변화를 받아들일 용기와 함께 가져가야 할 것이 바로 '좋은 것과 나쁜 것'이다.

좋은 것, 싫은 것 그 경계를 조금 느슨하게 둔다면 새롭고 낯선 것들에서 좋은 점을 발견할 수 있을지도 모른다. 평생 나와는 인연이 없으리라 여겼던 것에서 사랑을 느낄 수도 있다. 뜻밖의 상황이나 의외의 사람에게서 받은 낯선 느낌이 삶과 인생에 새로운 활력을 불어넣을 수도 있다. 물론 받아들이는 데는 시간이 필요하다.

좋은 것이 행복이고 나쁜 것은 불행이라 구분 짓는 것으로 시간을 보내기보다는 되도록 많은 것을 좋게 바라보고 바꾸려는 마음을 갖자.

❖

롤러코스터 같은 변화무쌍한 삶 속에서 올라가는 짜릿함과 흥분보다 내려가는 침체와 암울이 더 길게 그리고 깊게 느껴진다. 그러다 위협으로까지 느껴지는 순간이 오면 오만 가지 생각은 물론이거니와 아무렇지 않던 관계까지 뒤죽박죽 흔들린다. 그동안 가졌던 관계에서 오는 괴리감과 이 상황에서 서로가 서로에게 원하는 것을 어떻게 표현하고 주고받을 것인지 같은 복잡한 숙제도 생긴다. 상황과 사정은 언제나 변할 수 있기에 누군가와 관계의 수명을 조절하는 것도 스스로의 판단이 중요하다. 오랜 시간 언제나 삶의 활력소가 되어준 친구 사이일지라도 말 못 할 사정이 생기면 서로의 거리가 멀어지기 마련이다. 그 순간은 어느 한쪽의 노력만으론 절대 원래대로 돌아갈 수 없다.

며칠을 바쁘다는 핑계를 대면서 전화를 피했던 친구의 전화를 받았다. 친구는 한참 동안 새로운 직장 이야기를 하다가 좋은 것이든 나쁜 것이든 함께 나누자고 말했다. 그 말이 고마워서 나는 약간 울컥했다. 그리고 전부는 아니었지만 내 고달픈 현실을 조금씩 풀어놨다. 친구의 위로와 응원에 용기를 내어 한마디를 했다.

"내가 너한테 미안해서 이런 말까지 할 줄을 몰랐는데, 30만 원만 빌려줄 수 있냐?"

"우물쭈물거리던 게 그거냐? 알았다. 내일 연락해줄게."

그러나 다음 날 친구는 연락이 없었다. 괜한 부탁을 했나 싶어 나 또한 잊은 척 넘어갔는데, 며칠이 지나서 장문의 문자가 왔다.

"30만 원이라는 크지도 않은 돈으로 너와 나의 사이가 틀어질까봐 걱정된다."

"그래 알았다. 생각해줘서 고맙다. 나중에 형편 좀 나아지면 연락할게, 한번 보자."

그날 이후 이삼일에 한 번씩 친구로부터 위로와 격려의 문자를 받았다. 그러나 아무리 좋은 말이라도 계속 반복하면 귀찮아진다. 문자가 오면 읽고 답장은 하지 않았다. 그러자 며칠 후 친구는 자신의 말을 무시한다며 짜증 섞인 문자를 보내왔다. 거기에 나는 답문을 보냈다.

"고마웠고 잘 지내라."

생명보다
중요한 것

❖

명절에 부모님 집에 갔을 때의 일이다. 제사를 끝내고 밥도 맛있게 먹고 편히 쉬고 있는데 어머니가 내게 다가오시더니 속삭이듯 말씀하신다.

"○○사장님 알지?"

"그럼요. 새해도 됐는데, 별일 없으시죠?"

"저기, 그게 몇 달 전에 돌아가셨어."

그리고 어머니는 더 작은 목소리로 말씀하셨다.

"자살이래."

내가 기억하는 아저씨는 굉장히 밝은 분이셨다. 내가 한창 방황했던 시기에 오다가다 마주치면 늘 웃는 얼굴로 농담을 걸어주시며 용기를 주셨던 분이셨다. 어느 날부터는 사장님 사업이 점점 어려워지고 있다는 소식을 어머니께 건네 들었지만 워낙에 성실하시고, 긍정적인 성격이라 금방 일어나시겠지 싶었다.

가끔 어머니께 급히 돈을 빌려달라고 하실 때도 있었다. 그럴 때마다 어머니는, "아니, 사장님 돈 5만 원이 없어서 나한테 빌려? 사장님도 다 죽었네, 다 죽었어"라며 농담을 하곤 했다. 그러다가 한동안 소식이 없어 드디어 하던 일을 접고 편히 사시나 보다 했는데, 어느 날 그분의 아들이 어머니를 찾아와서 부고를 전했다고 한다.

뉴스에서 자살 소식을 들을 때면 안타깝고 허망한 마음이었다. 그런데 20년을 넘게 봐왔던 친근한 옆집 아저씨가 자살을 했다는 소식을 듣자 차마 뭐라 할 수 있는 말이 없었다. 언제나 어머니를 뵈러 갈 때면 "요즘 뭐해? 잘 사는 거지? 별일 없고 건강한 게 최고야, 임마!"하며 환하게 웃으시던 분이 자살이라니. 그것도 돈 때문에. 대체 돈이 뭔데 그 좋은 분이 그런 선택을 하셨는지… 가슴이 미어졌다.

나도 예전에 좀 더 많은 돈을 벌기 위해 쓰리잡까지 뛰어본 적이 있었다. 그렇게 6개월 정도를 지내다 어느 날 코피를 쏟으며 쓰러지고 나선 '몸 써가며 번 돈은 다시 몸 치료하는 데 든다'는 교훈을 얻었다. 돈보다 더 소중한 게 있다는 걸 경험으로 깨달았다. 이후론 삶에서 돈은 내가 살아가고 존재하는 그다음 문제로 생각을 굳혔다. 대부분의 사람들도 머리로는 수긍하지만 현실적으로 피부에 닿는 삶에선 돈보다 중요한 건 없다는 생각이 지배적이다. 돈이 최고라는 사람들의 생각을 재단하고 싶지는 않다. 누군가에겐 세상 무엇보다 소중하고 중요한 것일 수 있으니까. 그리고 나도 한때는 나 자신보다 돈이 중요하다고도 여긴 적도 있으니까. 하지만 아무리 생각해도 사람 목숨보다 돈이 중요하진 않다. 그런데 실제로 주위엔 돈보다 못한 생명들이 너무나 많은 것 같다.

가끔 매스컴을 보면 눈물이 정말 주르륵주르륵 흐를 때가 있다. 원통하고 비통한 마음이 가슴속에 싹튼다. 경제적으로 넉넉한 삶이 뭔지 나도 이제껏 맛보지 않았기에 궁금하기는 하지만 그것만을 바라보며 살고 싶은 마음은 정말 아주 조금도 없다. 그것만을 위해 살다가는 자기 자신과 주위의 많은 것이 한순간에 사라질 수도 있다. 어느 순간 내 삶의 모든 기준이 '돈'에 휘둘리고 있지는 않은지 생각해봐야 할 필요가 있다.

새로운
인생

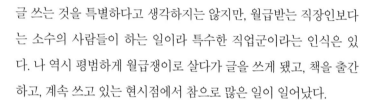

글 쓰는 것을 특별하다고 생각하지는 않지만, 월급받는 직장인보다
는 소수의 사람들이 하는 일이라 특수한 직업군이라는 인식은 있
다. 나 역시 평범하게 월급쟁이로 살다가 글을 쓰게 됐고, 책을 출간
하고, 계속 쓰고 있는 현시점에서 참으로 많은 일이 일어났다.

삶을 살면서 새로운 환경과 새로운 사람들, 새로운 앞날, 새로운 인
생이라 말할 수 있을 만큼 무언가 확 바뀌는 경우는 드물다. 하지만
나는 새로운 일로 인해 새로운 사람들을 많이 알게 됐고 그로써 세
상을 보는 시야도 넓어졌다. 마음도 커지고 싶은데, 아직은 부족한
것이 많다.

첫 책을 출간하고 친분의 정도와 깊이를 떠나 그동안 살아오면서
연락할 수 있는 모든 분에게 연락을 해서 인사를 했다. 솔직히 1년
에 한두 번 볼까 하는 분들도 있었다. 그중에 지극히 공적인 관계의

어떤 분을 찾아뵈면서 책을 드렸더니 깜짝 놀라시며 주위에 홍보도 많이 하고 잘 보겠다고 하셨다. 뜻하지 않던 환대에 기분이 너무 좋았다.

그리고 한두어 달쯤 흐른 뒤에 그분을 다시 만날 일이 있었는데, 엄청 반가워하시면서 내게 이렇게 말씀하셨다.
"책 정말 잘 봤어요. 이런 재주가 있는지 몰랐어요. 글귀가 너무 예뻐서 몇 번씩 읽은 것 같아요. 한 스무 권 사서 가족들과 친지, 지인들에게도 나눠주었어요. 앞으로도 좋은 글 많이 부탁드려요. 늘 응원할게요."
그 말이 참 감사해 나는 살짝 울컥했다. 그날 집으로 돌아오는 길이 꽃길 같았다.

J에게

❖

너무나 큰 사랑이라서, 너무나 미안함이 컸기에 모든 걸 내려놓은
적이 있었다. 불행의 길이 뻔해 보였기 때문이다. 누구나 예상한 대
로 삶을 살아가진 않지만 예상되는 불행의 길에 동행을 요구할 순
없었다. 진심 어린 행동을 해도 선의의 거짓말처럼 보여 오해를 낳
았고 보편적인 삶, 평범한 일상조차 줄 수 없었기에 괴로웠다. 하지
만 그렇게 지옥 같은 시간을 당신은 내 옆에서 버텨주었다. 핑계 같
지만 나 또한 지옥을 살았다. 시작은 천국에서 만난 듯 행복했으나
각자의 지옥에 빠져들었다.

그렇게 행복과 불행이 우리에게 다가왔고 공존했다. 그 기억 때문에, 나는 언제나 두렵다. 이 평온과 행복을 깰 불행은 또 어떤 모습일지. 걱정은 걱정을 낳아 눈덩이처럼 불어난다. 그런 걱정의 소용돌이 속에서 다들 살아가지만 나는 매번 적응하기 힘든 두려운 현실이다.

그래도 약속했다. 천국을 가본 적이 없는 내가, 천국에서 당신을 만나, 천국을 느껴봤으니 우리의 끝도 아름다운 천국이길 바라는 마음으로 노력하겠다고. 살아가면서 다신 느껴보지 못할 우리만의 천국을 이 삶에서 함께하자고. 그렇게 다짐했었다. 그 약속을 잊지 말아주었으면 한다. 고마운 당신으로 인해 내가 지금까지 잘 버틸 수 있었고, 이제는 우리의 천국을 소중하게 간직하며 살아갔으면 좋겠다.

이상한
나

❖

여름이라고 늘 차가운 음식과 시원한 곳만을 찾지는 않는다
적당히 따뜻한 물로 샤워를 하는 것이 더 개운할 때가 많다
더운 여름에 더운 것은 싫지만 따뜻한 것을 찾을 때가 있다

겨울이라고 늘 뜨겁고 따뜻한 음식만을 찾지는 않는다
겨울에 먹는 아이스크림이나 빙수가 더 맛있을 때도 많다
차가운 겨울에 찬 것은 싫지만 시원한 것을 찾을 때가 있다

여름에 뜨거운 커피를 마시고 싶다던 너를,
겨울에 아이스크림을 먹고 싶다던 너를 이상하게 봤던 나는
네가 떠난 빈자리를 하염없이 바라보며 이제야 깨닫는다

시간이 지난 후 뜨거운 한여름의 어느 날
땀을 뻘뻘 흘리며 뜨거운 물을 마시는 내 모습과
두꺼운 코트에 목도리를 칭칭 동여매고
아이스크림을 먹는 나를
사람들은 가끔 이상하게 바라본다

CHAPTER 2

〰〰〰〰〰〰〰〰〰〰〰〰

자꾸만 어긋나는 마음들

〰〰〰〰〰〰〰〰〰〰〰〰

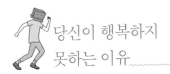 당신이 행복하지
못하는 이유

★

지금 현재의 삶이 괴로운가요? 못 견딜 만큼 고통스럽고 당장 내일 하늘이 무너져 내릴 것 같은 일이 기다리고 있나요? 혹 누군가가 지속적으로 당신을 괴롭혀 삶이 망가지고 있나요? 그래서 바라는 것은 아무 일도 없었으면 하나요? 초록빛 나무들과 파란 하늘만 볼 수 있다면 소원이 없나요?

당신이 느끼는 일상의 고달픔이 누군가에겐 간절한 시간이라고 발상을 좀 달리해보면 어떨까요. 그건 타인의 불행으로 나의 행복을 찾는 것과는 다릅니다. 당신이 행복하지 못하는 이유는 행복을 인정하지 않아서입니다. 병상에서도 환하게 웃는 사람이 있는 반면에 무언가를 성취해내고도 행복하지 않은 사람도 참 많으니까요. 어제의 기쁘고 즐거웠던 그 시간을 영원히 붙잡아두고 싶나요? 기쁘고 즐겁기만 한 쾌락의 시간이 지속된다면 당신은 오히려 삶을 지속하기가 힘들 겁니다. 반대로 갖고 싶은 것, 먹고 싶은 것, 가고 싶은 곳으로 인해 괴롭다면 당신은 평생을 행복할 수가 없습니다. 그 자괴감을 떨쳐버리지 못한다면 오랜 시간을 고통과 괴로움의 늪에서 지내게 되겠죠.

행복을 추구하지만 도리어 불행한 사람들과 작은 것에도 감사하는 마음을 가진 사람들의 차이는 무엇일까요. 행복에 대한 강박관념을 우리가 조금씩 더 놓아준다면 훨씬 더 소소한 행복들이 올지도 모르겠습니다. 그래서 저는 오늘 행복을 만들어보려고 합니다. 커피 한 잔에 행복해하고, 누군가를 위해 두 손을 모아 편안함을 기원하면서요. 나만의 속도에 맞는 행복을 찾고 있습니다. 이렇게 내가 만든 행복으로, 감사하며 하루를 보내려고 합니다. 인생에서 더 중요한 건 내가 왜 행복하지 않은지 그 생각에 얽매이지 않는 자유, 라고 다시 깨닫습니다. 그러니 그대들, 행복하세요.

★

눈치를 보는 습관을 줄여나가려고 애씁니다.

남들의 이야기는 흘려버리세요.

작고 하찮은 말과 수군거림을 마음에 담지마세요.

그리고 자신에게 집중해보세요.

자기 자신을 잃어버리는 '남들처럼'은 외로움에 대한 방어수단으로 소외되고 싶지 않은 행동이겠지만 그럴수록 자기 자신을 잃어버립니다.

인간은 누구나 외롭지만 외롭게 살아가지 않으려고 노력을 합니다. 혼자를 즐기지 못하는 사람은 단지 고독으로부터 자신을 방어하기 위해 '남들과 같은' 사람이 되기를 자처합니다. 좋아 보이는 것에 길들여져 쫓아가는 삶만을 살다 보면 언젠간 나도 모르는 새에 스스로가 판 구덩이에 빠져버릴 것입니다. 어울림이란 자신만의 색이 빠져버린 채로 온통 회색빛인 세상에 스며드는 것이 아닙니다.

무지개가 아름다운 이유는 각양각색의 색깔들이 조화를 이루었기
때문입니다.

자신의 색깔이 퇴색되지 않게 지켜나가는 것이 나 자신을 잃
지 않고 언제든지 내가 돌아가 쉴 자리를 만드는 방법입니다.
그래야 다른 어떠한 색깔들이랑 조화를 이루어도 충분히 아름
다워 보일 수 있는 것입니다.
눈치를 버리고 안락을 찾으세요.
행복이라는 삶의 권리를 누릴 수 있게 말이에요.

외로움에
노크하는 사랑

★

외로움 때문에 찾은 사랑은 외로움의 잔재를 미처 떨쳐내기도 전에
이별이라는 더 큰 외로움을 불러올 수 있다.

그런 사랑에 내민 손은 영양분이 빠져나간 푸석하고 볼품없는 초라
한 구걸의 모습이란 걸 타인들은 알아볼 수 있지만 본인은 깨닫지
못한다. 눈먼 사랑에 던지는 조언과 훈계는 불난 곳에 기름을 붓는
격밖에 안 된다. 묵묵히 지켜봐주는 것 외엔 그 무엇도 해서도 안 되
고 할 수도 없는 것이다. 나머지는 본인이 스스로 깨닫고 감내할 수
밖에 없다.

외로움에 노크하는 사랑은 쳐다보지도 말았으면 한다.
또한 사랑은 일방적인 것이 아님을 절대 잊어서는 안 된다.
씨앗을 심고, 꽃나무를 키우듯
정성스레 심은 사랑의 씨앗이 싹을 틔우려 할 때가 사랑을 전
하고, 사랑을 받을 수 있는 순간이다.

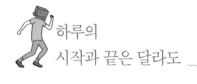

하루의
시작과 끝은 달라도

★

일요일 정오, 핸드폰이 울린다. 비몽사몽 겨우 전화를 받았다.

"야, 지금이 몇 신데 이제까지 자고 있어? 해가 중천인데 안 일어날 거야? 간만에 보고 싶어서 전화했는데 너 일어나서 준비하고 나오면 해 지겠네, 지겠어. 다음에 연락할게, 더 자라."

오랜만에 연락 온 친구였다. 반가웠지만 내가 한 말은 '여보세요.' 한마디가 전부였다. 너무 피곤해서 잠을 더 자야 하는데 묘한 기분이 들어 잠이 달아났다.

내가 일하는 곳은 번화가의 고깃집이다. 어제는 토요일이라 너무 바빠서 새벽 3시가 넘어야 끝났고, 정리하고 집에 들어오니 이미 아침 해가 뜬 6시를 넘긴 시간이었다.

친구의 전화를 받은 건 잠든 지 겨우 5시간이 지났을 때였다.

이유 없이 즐거운 토요일 저녁이다. 친구와 신나게 놀다 보니 어느 덧 시간이 늦어져 귀가할 시간이었다. 내일 일하려면 가봐야 한다 고 말하자 친구가 나를 붙잡았다.

"야, 어딜 가! 토요일인데 더 달려야지!"

하도 붙잡는 통에 자정이 지나서야 겨우 빠져나올 수 있었다.

아무리 빨리 씻고 자도 새벽 2시인데, 출근 시간은 3시간밖에 남지 않았다. 잠들면 일어나지 못할 것 같아 결국 밤을 새기로 하고, 책을 펼쳐들었다.

흔히 일어나는 일상이 너무나 힘들다. 세상을 아무리 들여다보아도 나만 힘든 것 같다. 남들 일하는 평일에 편하게 하루 이틀을 쉬지만, 나는 일요일부터 일하기 때문에 주말에 친구들과 만날 때면 오랫동 안 동참할 수 없는 내가 불쌍하다는 생각도 든다.

또 다른 누군가는 생각한다. 숨도 못 쉬고 돌아가는 일상은 지옥 그 자체이다. 육체와 정신, 모든 것이 탈탈 털려 너덜너덜해진 상태로 맞는 주말은 너무나 기다리던 시간이다. 화려하고 찬란한 이 시간을 소중한 사람들과 함께 하고 싶은 마음뿐이다.

하루의 시작과 끝은 달라도 소중하고 즐거운 시간을 함께 하고 싶은 것이다. 그런데 왜 시간이 흐를수록 행복한 시간의 공통분모가 점점 옅어지는지 알 수가 없다. 아니 알고 있어도 상황이 따라주지 않는 것일 수도 있다.

현실이 각박할수록 타인을 이해하려는 마음을 가져야 한다. 내 사정만 알아달라 하지 말고, 내 마음만 내세우지 말고, 서로를 존중하며 소중한 시간을 함께 하자.

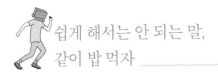

쉽게 해서는 안 되는 말,
같이 밥 먹자

★

"밥 한 번 먹자."

이 쉬운 한마디 말에 누군가는 어디서 무얼 먹을까, 몇 날 며칠 고민
을 하고 그날을 위해 손가락을 하나씩 접어가며 날짜를 헤아린다.
어쩌면 누군가를 천국과 지옥을 오가게 만들 수 있는 말이기 때문
에 쉽게 해서는 안 되는 것이다.

> 건네는 마음은 상대가 받아야 마음이다. 던진다고 다 마음이
> 아니다.

상대에게 진심이 닿기도 전에 증발하거나 날아가버리면 너무나 슬
플 것이다. 안타깝게도 그런 슬픈 일들이 주위엔 많이도 일어난다.
당연하게 생각하고 당연하게 받아들이는 슬픈 연결고리로 인해 마
음이 어긋나고 상처만 남는다. 꽃이 피기를 기대했는데 그저 말라
버린다.

생각할수록, 사랑할수록, 조심히 건네야 한다.

상대의 시간과 여유를 내 스스로 판단하지 않고, 조심스러운 마음을 건네야 한다. 그러면 반드시 상대방도 알 것이다. 아무 때나, 누구와도, 쉽게 먹을 수 있는 밥이 아니라 그 시간, 그때에 나와 당신이 그곳에서 먹는 밥은 설사 반찬이 부실하고 딱히 맛있는 음식이 아니더라도 사랑의 마음이 듬뿍 담긴 밥이라는 것을. 그리고 그날은 의미 없이 흘러가는 하루하루 중에 커다란 꽃이 피는 날이라는 것을.

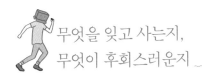

무엇을 잊고 사는지,
무엇이 후회스러운지

★

누구나 알고 있지만 생각대로, 의지대로 잘 되지 않는 것이 시간을 아껴 쓰는 것이다. 멈춰 있는 것도 아닌, 느낄 수 있는 형태도 아닌 것을 어떻게 아껴 쓰라는 말인지 도통 이해가 되지 않는다. 그리고 아껴 써야 되나 하는 순간이 찾아왔을 땐 이미 삶의 반이 지난 뒤다. 시간이 빨리 지나갔으면 했던 예전도, 영원할 것만 같던 혈기왕성했던 그때도, 잡을 수 없는 흐르는 시간을 무의식중에 넋 놓고 바라보는 것이다. 육체가 빛바래는 현실이 다가와도 시간을 아껴 쓰고 싶다는 마음은 실천하지 못한 채 끝나는 것이 보통 사람이다.

정신없이 보낸 오늘의 끝자락에서 한 잔의 시원한 맥주를 들이켜며 오늘 하루를 살아내느라 고생했다, 스스로를 다독이고 내일을 살아갈 힘을 얻어야 한다. 주어진 시간을 현명하고 열심히 소비하고 있는 만큼 채워지는 돈과 그밖에 만지고 느낄 수 있는 많은 것이 늘어날지언정 시간은 반대로 줄어들고 절대 늘어나지 않으니까.

무엇을 잊고 사는지, 무엇이 후회스러운지, 다시 손 뻗어 붙잡을 수 있는 것인지 생각해봐야 한다. "시간이 없다"는 말을 너무 쉽게 내뱉고 있지는 않은가? 만일 더는 내일의 태양을 볼 수 없다는 현실이 닥치면 모든 사람은 늘 그렇듯 잃은 소를 그리워하며 외양간을 고칠 것이다.

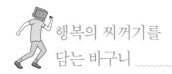
행복의 찌꺼기를
담는 바구니

★

괜찮아, 나 정말 괜찮아.

그러나 마음 깊은 곳까지 괜찮은 사람들은 거의 없을 것이다. 수많은 이에게 괜찮다고 표현하는 건 배려의 포장지를 씌운 덮고 싶은 불편한 마음일 수 있다. 사라지지 않는 그 마음을 품고 사는 게 누구에게나 당연한 것일까. 한 잔의 술에 가볍게 날려버리고 싶은 일상이다. 그리고 또다시 쌓아가는 행복의 찌꺼기를 '괜찮아'라는 바구니에 조금씩 담으면서 한 잔 술에 날려 보낼 날짜를 세고, 누구와 함께 할 것인지도 생각한다. 바구니의 크기와 뚫린 구멍의 크기만 다를 뿐, 밑 빠진 바구니는 누구나 갖고 있다.

알고 보면 행복이라는 목적을 위해 쌓아온 것들은 조금씩 다를 수
있겠지만 그 성질은 비슷할 것이다. 그렇기에 서로 비슷하게 남겨
진 불편한 것에 대해 이야기하고 같이 덜어내는 시간은 혼자 생각
하고 이겨내려 할 때보다 조금은 나을 것이다. 그러면 아마 '괜찮아'
바구니의 크기도 마음속에서 점점 줄어들 것이다.

 하고 싶은 말,
들고 싶은 대답

★

인간관계가 어려운 건 수많은 이유가 있겠지만 그중 하나는 서로에
대한 기대 때문이 아닐까 싶다.

'하고 싶은 말을 건네고 듣고 싶은 말을 기다리고'와 같은 기대를 누
구나 갖고 있기 때문이다. 그 기대를 충족시켜 줄 수 있을 상대를 찾
기란 정말 어렵다.

누구나 삶이 힘들다지만 어떨 때는 상대가 배부른 소리를 하는 것
처럼 보인다. 나는 한 달 열심히 일해서 고작 200만 원을 버는데, 오
랜만에 만난 친구가 외제차를 끌고 나와서 한 달 월급 500만 원도
적다고 푸념을 한다. 하고 싶은 말을 하며 듣고 싶은 대답을 기다리
는 친구 앞에서 불쑥 느껴지는 괴리감에 그날 이후 점차 관계가 멀
어질 수도 있다. 그 후로 내 일상에 원인 모를 울분이 치미고 삶이
불공평하게 느껴진다. 떠오르는 태양이 유난히 꼴 보기 싫은 날에
도 어김없이 하루는 시작된다. 시간은 조금 더 흘러 술이 생각나는

어느 날 다른 친구에게 연락을 한다. 팍팍한 삶 속에서 궁금했던 친구와의 만남은 늘 활력을 준다. 오랜만에 마음 편히 내 얘기를 늘어놓으며 술잔을 기울인다. 그런데 갑자기 친구가 화가 난 목소리로 먼저 가겠다며 자리에서 일어난다. 영문을 모르는 나로선 이유를 묻기도 전에 이미 사라져버린 친구가 이상하고 의아하기만 하다. 그리고 다음 날 또 다른 친구를 만나 푸념한다.

"어제 오랜만에 걔 봤는데, 왜 그러냐? 술 잘 마시다가 갑자기 짜증 내고 가버리더라. 황당해서 원."
"왜 그랬을까? 근데 걔 직장에서 잘린 지 꽤 됐어. 반년 넘게 일자리를 못 구하고 있다나, 그렇던데."
미안함에 절로 고개가 숙여진다.

자신을 좀먹는
편견

★

천성은 변하지 않는다, 그 말이 맞는 말이라는 생각으로 삶을 산다. 그러나 조금씩 바뀌는 것도 있다. 바로 생각과 가치관이다. 경험과 연륜으로 생각과 가치관이 좋은 쪽으로 변할 것이라 생각하지만 의외로 역행하는 경우도 많다. 그렇게 일명 '꼰대'가 된다.

나는 이상하리만큼 그런 근성이 없다. 어떤 기준을 갖고 사람을 대하면 정신이 혼미해지는 것 같다. 종종 나이나 학벌, 직위를 알게 되면 은근슬쩍 대하는 말투나 태도를 달리하는 사람들이 있다. 말을 놓거나, 조언을 하거나, 이러쿵저러쿵 사소한 참견까지 한다.
많은 사람이 이것이 타인을 친근하게 대하고, '정'을 주는 행동이라는 착각에 빠져 있다.

하지만 자기 멋대로 누군가를 재단하고, 편견을 갖고 대한다면 언젠가는 큰 실수를 저지르고 말 것이다.

만일 나보다 나이 어린 상사를 평소에 속으로 동생뻘이라고 생각해왔다면 술자리에서 실수할 수 있다. "에이, 여자가!"라는 생각을 달고 살았다면 나는 몰라도 언행에 묻어나온다.

인간관계에서의 편견은 관 속에 들어갈 때까지 절대 갖지 말아야 하는 것이다. 편견을 늘 멀리하고 피한다면 삶에 있어 긍정적인 모습들만 곁에 둘 수 있는 좋은 마음가짐이 자리할 것이다.

우물 안
개구리

★

삶과 인생에서 그리고 사랑과 인간관계에서 하지 말라는 것이 많다. 예전부터 먼저 삶을 살아온 부모님 또래나 형, 언니 오빠들이 이구동성으로 말하는 것들이 수많은 인터넷 플랫폼과 책에도 나와 있다. 보편적인 삶과 세상에 대해 흔히 말하는 '옳은 길'을 안내해주고픈 길잡이 같은 것이다. 사랑과 염려가 담긴 조언이라 명심하며 잘 걷다가도 자의건 타의건 그 길을 벗어나게 될 때가 있다. 자연스러운 일이지만 뭔가 큰 잘못을 한 기분이다.

우리는 삶의 방향을 잃어버렸을 때 혹은 선택결정의 문제에 닿았을 때 도움받을 곳이나 누군가를 찾곤 한다. 그런 시간들로 인해 삶은 어느 정도 안정되고 평화로움을 얻지만 한두 번의 조언과 충고로 삶 전체의 문제가 해결되지는 않는다는 걸 누구보다 스스로가 잘 알 것이다. 그리고 잘 생각해보면 하지 말라는 것에 대한 호기심 안에서 자신을 발견하는 아이러니한 현실을 맞이할 수도 있다.

요즘 세상을 바라보면 예전엔 하지 말라는 것들이 자연스러워진 현실을 볼 수 있다. 생각보다 하지 말라는 것들에는 숨은 원석이 많고, 소수의 사람만이 그 원석을 발견하여 자기 것으로 만든다. 처음엔 그 소수가 유별나 보이고 이상해 보일지 몰라도 나중엔 많은 사람의 지지와 응원을 받으며 세상을 움직일 것이다.

삶의 매 순간은 두 가지 중 하나의 선택이다.
내가 만약 그때 그것을 했더라면? 혹은 하지 않았더라면? 누구나 망설이지 말걸, 시도해볼걸, 하는 후회가 있다. 그런 후회의 연속 안에서 지쳐가고 쓰러져가는 것은 그 누구도 아닌 자기 자신이다. 일단 시도해볼 것인가, 아니면 우물 안 개구리로 살 것인가, 스스로에게 물어보자.

그딴 위로는
필요 없어

★

누구나 진심이 담긴 위로가 필요하다. 가만히 생각해보면 위로를
할 때의 마음은 위로를 받는 당사자만큼의 간절함보다는 적은 게
사실이다. 그러므로 타인과의 소통에서 상대가 받고 싶은 위로를
해주고 있는지 되짚어보자.

 1. "어떡해… 어쩌냐… 괜찮아? 걱정 마, 좋아질 거야."

어쩌다 한 번 본 사람도 말해줄 수 있는, 다소 영혼이 없어 보이는
말은 아닌지.

 2. "힘들겠다. 그런데 나는 그것보다 더한 일도 겪어봤어. 살다
  보면 더 큰일도 많을 거고 너보다 힘든 사람이 훨씬 많으니
  까 심각하게 생각지 말고 적당히 풀어."

자신이 듣기에 상대의 상황과 고민이 대수롭지 않다고 판단하고 꼰대처럼 자기 경험을 내세우며 상대에게 더 큰 짐을 지우는 건 아닌지.

> 3. "처음부터 그랬으면 안 됐지. 그때 잘못되지만 않았어도 넌 지금 이러지 않아도 되잖아!"

잘잘못을 따지며 상대의 부족함을 끄집어내어 위로라는 본분을 잊어버리고 가르치려고 하는 건 아닌지.

> 4. "힘내! 어떻게든 좋은 방법이 있을 거야. 사람은 죽으란 법이 없어. 그러니 항상 긍정적인 생각 잃지 마"

상대가 어떤 실의에 빠져 있는지 조금도 고려하지 않은 허황된 위로를 하는 건 아닌지.

5. "그래 알았어. 그러니 진정하고 답이 뭔지 생각해보자."

안절부절못하는 사람을 진정시키는 건 좋지만 무작정 답을 찾아내기를 강요하는 건 아닌지.

내게 어렵게 자신의 고민과 걱정을 털어놓은 누군가에게 위로를 건넸지만 실은 더 괴로움을 안겨주지는 않았는지 항상 생각해볼 필요가 있다.

이해심
부풀리기

★

이해심이 부족한 사람들은 마음이 좁거나 옹졸해서 자신밖에 모르는 삐딱함을 가지고 있는 건 아니다. 어쩌면 이해심이 부족해 보이는 것으로 보일 뿐 생각과 행동이 자신의 의지대로 따라주지 않는 것일 수도 있다.

삶이란 건 원래 내 뜻대로 되지 않는다. 관계에서의 오해는 되도록 만들지 말아야 한다는 걸 누구나 잘 알고 있다. 물론 내 일이 아닌 이상 타인의 모든 상황을 이해하기란 쉽지도 않다. 이해심을 넓히고 싶다면 생각을 조금 바꾸면 어떨까? 꼭 이해를 해야겠다는 것보단 이해하고 싶다는 마음을 전하는 정도부터 시작해보자.
어쩌면 그 마음조차 상대에게 전달되기 전에 와전되거나 왜곡되는 경우도 허다하겠지만 차분히 정돈된 시간 안에서는 그리 어려운 일이 아니다.
타인을 위해 마음을 쓰는 일은 결국 자신의 마음을 안정시키는 일이란 걸 항상 기억한다면 상대를 향한 이해심 또한 달라질 것이다.
우리의 행복은 결국 나 자신의 마음에 달려 있다. 내가 마음을 쓰는
정도에 따라서 어떤 누구와의 관계도, 그 관계 속에서의 얻어지는
만족감도 기대 이상으로 높을 거라 생각된다.

미소에 담긴
슬픔

★

눈물에 담긴 슬픔보다 미소에 담긴 슬픔이
더 짙은 사람.
그 사람이 너라서 난 미칠 듯 슬프다.

슬퍼하는 사람에게 이유를 묻는 것은 슬픔을 나누고 싶어서다. 진
정으로 슬픔이 줄어들기를 바라는 따뜻한 마음이다.

하지만 어떤 슬픔은 이러지도 저러지도 못하도록 안타깝고 조심스
럽다. 때로는 걱정만으로 타인을 품으려는 것은 좋은 생각이 아니
다. 어쩌면 타인은 그런 걱정조차 부담스러운 상태일 수도 있다.
보이지도 않고 느껴지지도 않는 아픔과 슬픔을 오롯이 스스로 감내
하고 삼키려는 마음을 헤아린다면 아무 말하지 않고도 곁을 지켜줄

수 있다. 그런 시간 속에서 함께한다면 어느 순간 서로에 대한 눈물 어린 마음을 나눌 수 있을 것이다. 웃을 땐 한없이 사랑스러웠던 미소로만 알았고, 슬퍼서 울 땐 무언가 단단히 마음이 상해서 흘리는 눈물쯤으로만 알았는데 그게 아니었던 것이다. 당신의 변함없는 미소에 담긴 슬픔을 몰랐었던 것이다.

가까이 있는 사람의 모든 걸 안다고 착각하지 않길 바란다.
당신에게 보내는 미소가 당신만 모르는 슬픈 미소일수도 있으니까.

모진
말들

★

반성한다.

내가 뱉은 수없이 많은 말이 허공에 흩어졌다.

누군가에게 했던 모진 말들,

누군가의 가슴과 마음에 박힌 불변의 흔적들.

기억한다.

하필 그때 내 마음이 양지바른 곳이었는지,

민들레씨앗처럼 날아다니는 말들은 마음 한구석에 내려앉아 뿌리
를 내렸다.

그 잎들은 썩지도 않고 잘 자라줬다.
하지만 커져버린
나무의 이파리들을 바라보면
눈시울이 붉어지는 건 왜일까?
그래서 고맙다.

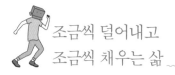

조금씩 덜어내고
조금씩 채우는 삶

★

우리는 어렸을 때부터 끊임없이 발전을 향한 교육을 받는다. 그로
인해 대부분의 사람들은 어느 시점이 되면 내가 갖추고 있는 것과
그렇지 못한 것, 아마도 앞으로도 갖지 못할 것을 구분할 수 있다.
하지만 그것을 인정하고 받아들이는 일은 아주 어렵다. 그러다 보
면 한동안 멈춰 설 때가 있다. 슬럼프라 하기도 하고, 잠깐의 휴식이
라고 말하기도 한다. 내가 받아들이고 극복하는지에 따라 슬럼프가
될 수도, 재충전의 시간이 될 수도 있다. 어느 유명한 스님의 말처럼
멈추면 비로소 보이는 것들은 분명히 있고, 채움의 미학은 덜어냄
으로 이루어진다는 말을 되새겨보자.

사람들은 예상치 못한 순간에 곤두박질친다. 적당한 곳에서 멈추지 않고, 끝지도 않는다면 그 순간은 더 빨리 온다. 더 많이, 더 빨리 빼곡히 채워 넣는 것만이 발전이고 성공이라 알고 있었는데, 조금씩 덜어내고 채우는 것이 내 삶을 더 이롭게 하리라는 걸 이제는 안다.

CHAPTER 3

돌아보니 내 곁에 있었다

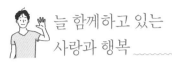

늘 함께하고 있는
사랑과 행복

◆

우리가 살아가는 모든 순간은 결국 사랑과 행복을 향해 걷는 여정입니다. 무수한 시련과 고난 속에 있을 때 행복에 대한 욕구가 더욱더 간절해지듯이, 외로움과 고통을 겪을 때 사랑에 대한 갈구가 강해지듯이.
같은 어려움을 겪고 있는 것 같아도 우리의 지문들이 다 다르듯 반응이나 감정들도 다릅니다. 작지만 따뜻한 안부, 두려워하지 않고 기꺼이 손을 내미는 진심, 우리라고 같이하는 발걸음, 그것들의 힘을 믿고 있습니다.

당신이 그토록 원하는 행복의 미소와 따뜻한 손길을 누리는 타인들도 당신과 같은 시간을 보냈습니다. 그 마음을 알기에, 애처로워 보이는 눈빛과 흐르는 눈물의 의미를 알기에, 그들은 그 시련을 모두 건넜기에 비로소 웃을 수 있습니다. 머지않아 당신도 그들처럼 사랑과 행복의 길을 걸을 수 있습니다.

흘릴 눈물이 좀 더 남았다면 마음껏 흘리세요.
아파해야 할 시간이 좀 더 남았다면 편안하게 소진하세요.

시련과 고통으로 둘러싸여 있던 커다란 장막이 크기만 컸을 뿐 두께는 아주 얇은 백지장이었단 걸 반드시 알게 될 테니까요. 그것만 잊지 마세요. 사랑과 행복은 늘 당신과 함께하고 있다는 것을요. 행복의 빛을 향해 천천히 나아가세요.

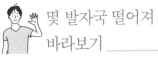
◆

함께하는 시간들이 쌓일수록 안 보이던 것, 보고 싶지 않은 것들을
보게 됩니다.

원하지 않은 시선은 원하지 않은 마음을 싹틔워 자신도 모르는 사
이 커다란 나무가 됩니다.

내가 뿌린 씨앗이 아닌데 무럭무럭 자라나 커다란 미움의 나무가
됩니다.

파릇한 이파리들로 울창해져버린 미움의 나무는 겉으로 보면 아름
다워 보여서 그 안에 어떤 말 못 할 고민과 걱정거리들이 있는지 알
수가 없습니다.

이미 시야를 넘어버린 커다란 나무 앞에서 할 수 있는 거라곤 넋 놓
고 바라보는 것뿐입니다.

알지 못하고 알 수가 없습니다. 가끔씩 떨어져 있는 공간과 시간이
이토록 차갑고 두려운지 몰랐습니다.

끝나버린 지금이 아니라면 고통의 시간일지라도 불길은 꺼질 수 있고 바람은 잠잠해질 수 있습니다. 예상 못 한 화마와 태풍이기에 그 누구의 잘못도 아닙니다.

이제라도 몇 발자국 떨어져서 서로를 바라보세요. 오랜 시간 굳어진 것들을 하루아침에 바꾸기는 어렵습니다. 먼저 탓하지 말고, 바뀌길 재촉하지 말고 우선 그저 울창한 나뭇잎 속에 자라난 것들을 보는 겁니다. 그러면 서로가 몰랐던 보이지도, 잡히지도 않는 미움과 걱정거리들이 보일 겁니다. 그것을 차츰차츰 싱그러운 나뭇잎으로 변화시키면 됩니다.

먼저 탓하지 말고,
바꾸길 재촉하지 말고,

우선 그저 울창한 나뭇잎 속에
자라난 것들을 보는 겁니다.

◆

'영롱하다'
광채가 찬란하고 구슬 따위가 울리는 소리가 맑고 아름답다는
뜻이다.

보라색을 좋아하는 한 사람으로서 감히 '영롱하다'라는 표현을 쓰고
싶다. 흔히 보라색은 예술가들이 좋아하는 색, 나쁘게 말하면 좀 유
별난 사람들이 좋아하는 색으로 표현되기도 한다. 그러나 보라색은
가장 아름다운 사랑의 색이다. 차가운 파란색과 뜨거운 빨간색이
적절한 조화를 이루어야만 만들어지는 색인 것이다.

삶과 인생에서 그리고 사랑에서 가장 이상적인 상태는 어느 한쪽으
로 치우치지 않는 균형을 맞추는 중간단계일 것이다. 마치 보라색
처럼 말이다. 아무리 똑똑하고, 지혜롭고, 현명한 사람이라도 균형
을 유지한다는 건 어려운 일이다.

그 이상적인 상태를 보랏빛이라고 지칭하고 싶다.

보라색은 광채가 나고 아름다운 소리가 나는 그런 색이 될 수 있다. 부족한 것을 채우려 죽을 때까지 끊임없이 애쓰고 노력하는 수많은 색이 어느 순간 찬란하고 영롱한 보랏빛이 된다면 세상을 보는 눈과 마음도 변화할 것이다.

어느 한쪽으로 치우치지 않고 밸런스를 맞추는 것.

가장 이상적이고 아름다운 순간이지만 동시에 가장 어렵고 힘든 위치와 상태일 것이다.

나는 얼마나 선명하고 또렷한 영롱한 보라색을 만들었을까?

빨간색이 좀 더 섞인 퍼플은 아니었을까?

파란색이 좀 더 섞인 바이올렛은 아니었을까?

그럴 수도
있다는 것

◆

"난 네가 그럴 줄은 꿈에도 몰랐다."

"너 그렇게 안 봤는데, 실망이 이만저만이 아니다."

당연히 그렇겠지, 내가 널 이렇게 믿는데, 설마 네가 내게 그러진 않을 거야! 라는 생각을 흔히들 한다. 알게 모르게 쌓아온 기대심리 때문에 실망하고 배신감을 느끼는 것이다. 이렇게 멀어지는 관계도 많다.

"어? 정말? 고마워. 생각지도 않았는데…"

"응? 아, 그래! 어쩜, 고마워서 어떡해."

뜻밖에 고맙고 감사한 상황이라면 약간은 얼떨떨하면서도 마음이 따뜻해진다. 전혀 예상 못 한 누군가의 언행을 계기로 새롭게 타인을 받아들이고 인간관계를 재정비하게 된다.

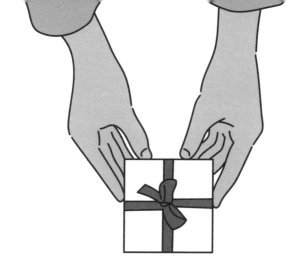

삶이란 그렇게 예상하고 계획한 대로 흐르지도 않을뿐더러, 뜻밖인
만큼 아이러니한 감정을 불러일으키기도 한다. 그래서 그 진심을
이해하기 위해선 좀 더 많은 시간이 필요하다.

오늘은 실망이었던 사람이 뜻밖이 될 수도, 오늘은 뜻밖이었던 사
람이 실망이 될 수도 있는 것이다.
'원래 그랬던 사람'이라는 선입견을 갖고 누군가를 바라본다면, 반
대로 누군가가 나를 그렇게 바라볼 수도 있는 것이다.

때로는 누군가에게 실망할 수도, 고마울 수도 있다. 다만 내가 그에
게 너무 큰 기대를 해왔거나 편견을 갖고 있지는 않았는지 돌아보자.

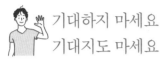

기대하지 마세요
기대지도 마세요

◆

사람 마음이란 게 참 그렇다. 그랬으면 좋겠다… 그래주겠지… 그래도 조금은… 하는 마음을 누구나 갖고 있으니까. 더욱이 이런 마음은 가까운 이들에게 크기와 양에 상관없이 조금씩은 다 갖고 있으니까.

이런 생각은 고스란히 실망으로 이어지기 때문에 버려야 한다는 걸 안다. 쉽지 않을 뿐이다. 그래서 연습을 해야 하는 것 같다. 누군가를 생각하는 마음이 이렇게나 큰 것임을 알아봐주며, 걱정하고 생각하는 것들이 얼마나 많은 시간과 신경을 써야 하는 것인지를 받을 때는 적게 느껴지고 줄 때는 크게 느껴진다. 그래서 어쩔 수 없이 실망과 아쉬움이 따라오나 보다.

사랑한 만큼 커지는 실망감, 좋아한 만큼 커지는 아쉬움과 허탈감, 지금 갖고 있는 감정과 앞으로 느낄 감정들을 당연히 동등하다 여기는 마음이 스스로를 쓰러지게 만들고 크게 보였던 상대를 점점 작게 만들어 없어지게도 할 수 있다.

조금씩만 줄여나가는 연습을 해보는 건 어떨까? 부메랑을 던지면 꼭 던진 부메랑이 아닌 다른 것이 돌아올 수도 혹은 좀 더 작은 크기의 부메랑이 돌아올 수도 있다. 그러니 내 마음을 가득 담아 던진 부메랑이 어디로 갔는지, 언제 돌아올지, 어떤 모습으로 돌아올지 생각하지 않는 연습을 하자. 편안하고 평온한 마음은 어떠한 부메랑이 돌아와도 흔들리지 않는다.

그러니 우리 조금만 연습해보자.
기대하지 않고 기대지 않는 연습을.

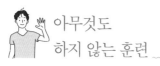 아무것도
하지 않는 훈련

◆

많은 것을 하고 얻는 훈련은 늘 해왔고, 하고 있고, 죽을 때까지 영원히 이어갈 것이다. 반면에 살아가면서 아무것도 하지 않는 훈련은 해본 적도 없고 어디에도 없다. 그 빈 공간이 나만을 위한 평온하고 따뜻한 공간이란 걸 깨닫는다면 삶은 풍요로워질 것이다.

본디 알몸으로 태어난 우리는 항상 더 나은 것을 동경하고 바라며 살아간다. 그렇게 스스로의 공간을 하나둘씩 채워가는 것이다.
공간을 넓히고 그 공간을 원하는 것, 원하는 사람들로 채워 넣고 싶은 소망 또한 몸과 마음을 풍요롭게 하려는 당연한 본능이다. 하지만 끊임없이 채우느라 이미 내가 갖고 있는 것들을 잊어버리고 돌보지 못하게 되는 경우도 많다.

시간은 그렇게 잊히는 것들의 소중함을 일깨워준다. 누구나 하는 후회지만 누구나 알지는 못한다. 열심히 달리는 인생이 아름다워 보이는 것은 부정할 수 없는 사실이지만 그 열심 안에서 자기 자신을 잃는다면 그건 빈껍데기에 불과하다. 더욱이 자신을 잃어버리고 살았다는 사실을 발견한다고 해도 어떻게 자신을 찾아야 할지를 모르는 경우도 많다.

그래서 멈춰야 한다. 멈춤은 죽는 것이 아니다. 더 멀리 뛰기 위해 움츠리는 개구리가 될 수도, 보지 못한 것들을 되짚어볼 수도 있는, 아주 중요하고 소중한 시간이다.

빠르게 돌아가는 세상 속에서 조용히 멈춰 멀리 바라보며 깊은 생각에 잠기는 연습은 꼭 필요하다. 그 작은 순간들이 조금씩 모여 마음의 공간을 넓히고, 볼 수 없었던 순간들을 맑고 투명하게 바라볼 수 있게 도와준다. 가끔은 아무것도 하지 않는 그 시간이 더 많은 것을 채워줄 수 있다고 믿는다.

24시간을 품은 태양

◆

매일 떠오르고 지는 것이 태양이다. 하루를 보낸 후의 나른함도, 새로운 하루를 시작하는 설렘도 동시에 가지고 있어서 태양은 생과 닮아 있다.

모든 사람은 내일과 미래를 준비하는 삶을 열심히 살아간다. 알고 보면 미래를 위한 준비는 끝도 없다. 오늘 미친 듯이 열심히 살았다고 내일은 조금 느긋하게 살아지는 것도 아니다. 열심히 살지 말라는 말이 아니다. 오늘 저문 태양은 내일 다시 볼 수 없다. 절대적으로 다른 태양이다. 그 태양은 24시간을 품은 태양이다. 하루의 24시간 중 단 몇 분이라도 나만의 태양을 바라보길 바란다.

세상에 원해서 태어난 존재는 없다. 그저 세상 속으로 던져져 생존한다. 사람들이 미래를 준비하듯 태양도 내일을 위해 또 지고 태어난다. 그런 신비를 당연하게 여기지 않는 사람들만이 진짜 태양을 만나게 된다. 잘 자. 잘 잤어. 매일 안부를 나누는 사이처럼 당연한 것들에 익숙해지지 않길 바란다.

내일의 태양을 보고나면, 또 그다음 날의 태양을 보고나면, 중요한 것과 소중한 것들의 순서가 조금은 바뀔 수 있을 것이다. 무엇을 하든 어떤 길을 가든 후회라는 찌꺼기와 껍데기가 뿌려지고 나뒹구는 길 위에 조금이라도 자신의 모습과 흔적이 남았는지 돌아보는 일은 정말 중요하다.

그러나 예외도 있다. 오늘 행복했다면, 지금 행복하다면 그것으로 된 것이다. 지났어도 아름다운 태양이고 변치 않을 행복이라면 잔잔하고 평온하게 곁에 놔두길 바란다.

아름다운
끝

◆

대부분의 끝은 절벽이다. 끝이라 생각하고 판단하고 결정 내리는 순간 칼로 자르듯 그냥 끝인 것이다. 생각할 기회도 숨 쉴 틈도 없다. 끝은 조금 전까지의 행복과 희망, 기대를 없던 것처럼 만든다. 조금이라도 완만하게 내려오며 예상되는 끝이라면 그나마 마음, 상처, 고통이 덜할 텐데 말이다.

시작과 끝은 둘 다 예상할 수 있지만 왜 둘 다 아름다울 수는 없는 것인지 모르겠다. 더러 원하지 않는 슬픔의 시작도 많다. 가기는 싫지만 가야만 하는, 선택할 수 없는 단 하나의 길 위에 서면 무거운 마음과 걱정 그리고 희미하게 빛나는 끝만을 생각하고 꿈꿀 것이다. 슬픔의 시작은 아름다움의 끝이 될 수도 있다. 다만 더 이상 불행이 없길 바라는 간절한 마음으로 평온과 행복만을 꿈꾸며 기다린다.

그러나 설렘과 기대감에 부푼 아름다운 시작의 길 위에서 우리 모두는 끝을 원하지 않을뿐더러 끝이 온다 하여도 처음과 같이 아름답길 바란다.

아마도 처음의 그 마음은 삶의 시간이라는 무겁고 버거운 고통들이 쌓여서 잊고 있거나 혹은 애초에 내게 없었던 것이라 여겨질 수도 있다.

> 아름다운 끝은 새롭게 다가올 아름다운 시작을 위한 중요한 마침이다. 그 중요한 마침을 세상 무너질 것 같은 어둠으로 덮어버린다면 또 다른 아름다운 시작은 주어지지도, 다가오지도, 설사 온다 해도 온전히 받아들이지도 못하고 삼키는 시간이 될 것이다.

멈춤의 시간과 돌아보는 시간은 어차피 새겨진 인생의 진한 선을 조금이나마 흐릿하게 지워주는 지우개가 될 수 있다. 죽음 직전의 모습이 태어날 때의 새하얀 백지가 될 수는 없겠지만 분명 아주 까맣게 칠해진 사람도 있을 것이고, 지우는 것이 서툴러 종이가 조금씩 찢겨진 진한 회색도 있을 것이고, 회색 중에 가장 연한 밝은 회색도 있을 것이다.

그중 최대한 밝은 회색이 아름다운 끝이라고 생각한다. 종이가 찢겨질 것 같아서 지우는 것이 서툴러도 조금씩이라도 지워나가야 걸어온 길에 뿌려진 많은 웃음과 미소들이 더욱 아름답게 빛날 것이다.

타인을 비난하지 않고 너그럽게 흘려보내는 마음은 그 누구도 아닌 자신을 위한 마음인 것을, 타인으로 인해 소중한 내가 망가지거나 고장나지 않으려면 내 안의 나쁜 감정들로 나를 물들이면 안 된다는 것을, 소중한 나이기에 당신은 그냥 흘러가면 된다는 것을 기억하자.

쉽지 않은
마음가짐

◆

TV를 보다가 래퍼 '짱유'를 알게 됐다. 수백 명이 경쟁하는 오디션 프로그램 예선전에서 폭발적인 랩을 선보인 그는 심사위원 모두에게 러브콜을 받으며 강력한 우승 후보로 떠올랐다. 놀라운 평가를 들은 그는 퇴장하기 전 할 말이 있다며 무대에 널브러져 앉아 담담히 자신의 이야기를 풀어놓았다.

짱유는 7살 때 엄마와 헤어져 친척집을 전전하며 살았다고 한다. 어린 나이에 엄마와 떨어진 후 울기도 참 많이 울었던 그는 내내 슬픔 속에서 허우적댄 것이 아니라 스스로를 성장시키며 모두가 인정하는 래퍼가 됐다. 그리고 오랫동안 엄마에게 하고 싶었던 말을 전하기 위해 이 프로그램에 나온 것이다. 이야기를 마친 짱유는 자신을 보고 있을 엄마를 향해 이렇게 말했다. 이제 엄마를 원망하지 않는다고, 어디선가 잘 살고 있다면 자신에 대한 마음의 짐을 내려놓고 행복하게 살았으면 좋겠다고. 하지만 혹시나 어렵고 힘들게 살고 있다면 자신에게 연락하라고. 그의 진심에 눈물샘이 터지고 말았다.

버림받으며 생긴 마음의 상처는 평생 지워지지 않는다. 눈물은 그 흔적을 씻어내지 못한다. 아마도 짱유는 그날의 고통을 노래와 랩으로 최대한 씻어내려 애썼을 것이고, 자신을 낳아주신 어머니를 어떻게든 이해하려 애썼을 것이다. 담담히 진심을 늘어놓는 그에게서 아주 커다란 마음을 느낄 수 있었다.

절대 쉽지 않은 마음가짐일 것이다. 누군가로 인해 새겨진 상처로 바라보며 살아가는 세상은 오롯이 자신과 미움만이 뒹구는 어둠뿐인 세상일 것이다. 그리고 알 것이다. 나만이 피해자인 이 세상에서 누구 하나 자신에게 관심 가져주거나 돌봐주는 사람은 없다는 것을. 원망밖에 없는 긴 터널 같은 시간을 지나오며 좁고 컴컴하기만 했던 자신의 세상을 성장시키고 키워나갔을 것이다. 마음에 깃든 미움과 원망을 버리고 다른 좋은 것들을 품기란 쉽지 않다. 그러나 노력하면 된다고 했다. 그래서 매일 잊어버려도 매일 이렇게 되뇐다. 최대한 많은 것과 많은 사람을 품을 수 있는 마음을 주세요. 라고.

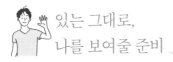
◆

준비가 돼 있는 사람이 있고 준비를 해야 준비가 되는 사람이 있다.
뜬금없는 연락에도 갑자기 만날 수 있고 계획에 없는 일정이나 생
각지도 않은 상황과 물건들을 편하고 자연스럽게 받아들이는 사람.

반면, 미리 약속을 하지 않으면 만남은 쉽지 않고 계획에 없는 일정
은 횡설수설한 마음에 거의 정신이 나가 있으며, 생각지도 않은 것
들엔 포커페이스가 안 되고 식은땀만 흘리는 사람이 있다. 일반적
으로 보면 전자는 긍정의 모습이고 후자는 부정의 모습으로 비춰질
수 있다. 긍정의 모습을 가진 듯한 전자는 혼자의 시간을 굉장히 초
조해하고 자기 공간은 여러 가지로 풍요로우나 정작 내 것의 개념
은 많지 않으며 늘 새로운 것에 대한 동경이 있을 수 있다. 부정의
모습을 가진 듯한 후자는 경계심이 강한 것 같아도 늘 준비와 계획
이 돼 있고 내꺼라 생각하는 것에 대해 무한애정을 쏟는다.

겉으로 느껴지는 긍정과 부정의 모습으로만 판단하기에 자신이 원하고 필요한 사람들을 놓치고 있는 것인지도 모른다. 서로의 부족함을 채워줄 수 있는 사람이나 넘치는 것들을 나눠줄 수 있는 사람을 알아보는 것이 행복하고 아름다운 사랑을 만들 수 있는 시작이 될 수 있음을 안다. 같음으로 가까워지는 것은 경계와 허물없이 짧은 시간에 하나가 될 수 있겠지만, 다름으로 다가서는 것은 아주 오랜 시간이 걸리고 그 시간은 혹여나 이루지 못할 불안감에 현실을 망각하게 만들 수도 있다.

기다림에는 어떤 준비가 필요할까? 안절부절못하는 이들에게 필요한 것은 무엇일까? 없는 해답을 찾지 않았으면 한다. 애초에 준비란건 그냥 자기 자신이다. 자신 그대로 현실에 최선을 다할 수 있는 마음이 중요하다. 맞춰지지 않는 퍼즐을 억지로 끼워 넣으면 누가 봐도 너무나 부자연스럽다. 본래의 모양을 변형시키거나 일그러트려 곳곳에 밀어 넣다 보면 분명 탈이 나기 일쑤다. 긴장할 필요도, 걱정할 필요도 없는 것이다. 스스로에게 당당하고 멋있어지는 준비는 평온과 여유에서 나온다.

AREA

◆

문장이나 단어를 한참 들여다보면 희한한 상상력이 들 때가 있다. AREA는 '지역, 구역, 부분, 면적'이라는 뜻이다. 단어에서 사람과 사람 사이의 '우리'라는 따뜻한 모습의 글자라는 것이 보였고 그 의미가 진하게 느껴졌다. 예전에 타이포그라피 디자인에서 영문자 A에 사람을 형상화한 것을 많이 보았다. 영어의 유래를 깊이 알지는 못하지만 가장 첫 단어인 A는 사람이 먼저라는 의미에서 제일 첫 글자인 것 같은 느낌도 든다.

RE는 전치사로서 '~관련하여'라는 뜻도 있지만, replay, restart, re-set 같은 명사 앞에 붙으면 '다시'라는 의미도 갖는다. AREA는 한정된 공간 안에 사람 둘이 서 있는 형상이 보이기도 하는 단어다.

사람과 사람은 계속 무언가를 주고받지만 온전히 하나가 될 수는 없고 가까이할 수 없는 관계에서 멀리 떨어지지도 않는다. 딱 두 글자만큼의 공간에서 아름다운 관계를 유지하는 것 같다.

세상 가장 어려운 것이 '적당히'라는 말도 있듯이, '중간'은 이도 저도 아닌 것보다 더 어려울 수도 있다. 적정선을 유지하는 것은 정말 힘들고 어렵다. 모두 그 평행을 이루려고 수많은 시행착오를 겪는다. 욕심과 야망이 가득했던 젊은 날도 순간이고 세상 끝날 것 같은 슬픔에도 어느새 자연스럽게 제자리를 찾는다. 사랑의 온기가 조금 식는다고 해서 변하거나 없어지는 것은 아니다. 화려한 폭죽이 팡팡 터지는 행복이 잔잔해져도 불행은 아니다. 모닥불을 피우려면 작은 불씨가 반드시 필요하고 폭주하지 않으려면 어느 정도의 거리를 유지하는 현명함도 필요하다.

너무 멀어지거나 가까워져서 생기는 불통의 순간들은 결코 인생의 오점이 아니다. 그런 불통들이 하나둘 모여 까만 밤하늘에 무수히 많은 별로 새겨지게 된다. 그렇게 너와 나, 우리는 수많은 별처럼 간격을 유지하며 살아가는 아름다운 밤하늘 같은 것이다.

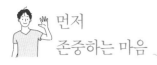 먼저
존중하는 마음

◆

내게는 변치 않는 철칙이 있다. 상대가 아무리 나이가 어려도 말을 놓지 않는다는 것이다. 교복 입은 학생들은 물론이거니와 초등학생들에게도 절대 반말을 하지 않는다. 너무 정 없이 거리를 둔다고 생각할 수도 있겠지만 나는 그 이상을 생각한다.

존중받고 싶으면 존중해야 한다는 걸 사람들은 잘 알고 있지만 그것은 자기보다 한참 위나 비슷한 또래 사이에서만 적용된다고 생각한다. 어린 친구들에게 곧바로 말을 놓거나 편하게 대하는 건 단순히 내가 너보다 많이 살았다는 것뿐만 아니라 그래서 내가 더 많이 알고, 내가 더 잘해, 라는 의식이 깔려 있는 것이다.
굉장한 실수라고 생각한다. 타인을 자신의 주관대로 판단하는 오류를 범하는 것이다.

우리는 종종 관계는 최대한 단순하고 심플해야 모든 것이 순조롭고 평탄하게 흘러간다는 진리를 잊고 산다. 깊은 사이가 아니기 때문에 인간적으로 더 깊은 친분을 쌓으려 급하게 다가가려 하기보단 항상 적당한 거리에서 존중과 배려로 타인을 헤아리고 존중해주어야 자신도 그런 대우를 받을 수 있다.

 너무 착하지
마세요

◆

착하지 말라는 것이 아닌, '너무' 착하지 말라는 것이다. 내 마음 아
프도록 박박 긁어서 주지 않았으면 한다. 너무 많이 마음을 주는 게
오히려 독이 될 때가 있다. 모든 상황에서 적당히 성과를 이루고 박
수를 받을 수 없다면 둘 중 하나를 골라야 한다. 마음을 많이 주겠는
가? 적게 주겠는가? 나는 적게 주라고 권해주고 싶다.

넉넉한 우리네 인심으로 마음을 적게 주라니 무슨 말도 안 되는 소
리인가 싶겠지만, 미움받지 않고 오해 사지 않는 적정선을 지킨다
면 오히려 사람을 더 생각하게 하고 여운을 준다. 충분한 넉넉함으
로 흘러넘치게 주는 마음에 큰 문제가 없다면야 너무나 행복의 시
간으로 남겠지만, 과하면 분명 어딘가에 구멍이 나고 조금씩 흘러
서 마음을 주지 않았을 때보다도 더 불신의 여운이 남아 안 좋은 기
억으로 새겨진다.

주고받는 마음은 양보다 질이다. 공적이나 비즈니스 관계에선 마음에 마음을 얹어 한없이 주고받지만 바보가 아닌 이상 그것이 진심인지 아닌지 어느 정도는 구분을 한다. 공과 사의 구분을 통해 마음의 양과 질을 구분하라는 게 아니다. 최소한의 진심이 늘 자신의 마음 어느 곳에 놓여 있다면 부풀리지 않은 마음의 양을 가늠하려 애쓰지도 않을 테고, 충분한 진심이 담겨 있는가를 헤아리며 걱정하지도 않을 것이다.

그냥 늘 갖고 있는 그 작은 진심만을 원하는 이들에게 보여주고 나눈다면 내가 바라보는 누군가도, 나를 바라보는 누군가도 투명하고 맑은 눈으로 서로를 담을 수 있을 것이다. 꾸미지 않은 작은 진심이 뜻하지 않은 곳에서 스리슬쩍 나타날 때 그 모습과 마음을 알아봐주고 고마워하는 이들은 결코 당신을 지나칠 수 없으니 어깨를 무겁게 하는 착한 사람이라는 짐을 내려놓았으면 한다.

말을 아끼는 삶

돌아보니
내 곁에
있었다

첫 책의 주된 내용은 "삶의 모든 건 결국 사랑"이었다. 하지만 글을 쓸 때의 내 현실은 그것과 거리가 멀었다.

그때의 시간은 무척이나 더디 갔으며, 하루를 보냄에 있어 말을 한 마디도 하지 않았을 때도 있었다. 생각만 해도 답답할 것 같은 삶이었지만 어떻게 보면 그때의 고요함이 나를 보호막처럼 감싸고 있었기 때문에 많은 것을 돌아보고 글로 옮길 수 있었던 것 같다. 선물과도 같은 시간이었다. 그중에 가장 크게 느낀 것이 '말'이었다. 하루 동안 쉽게 내뱉은 말들은 누군가의 가슴과 마음으로도 흘러 들어갈 수 있다.

그 말들은 사라지는 것이 아니라 뿌리를 내려 보이지 않는 아름드리나무를 키울 수도 있다는 생각을 새삼스레 하게 된 것이다.

기억도 나지 않는 누군가에게 들었던 말이 가슴속에 남아 있는 줄 몰랐다. 나 또한 그동안 기억도 나지 않는 말들을, 기억도 나지 않는

137

사람들에게 했던 것을 반성했다.

그렇지만 어떻게 살아가면서 좋은 말과 표현만 할 수 있을까. 나는 모든 옳은 말과 좋은 표현이 꼭 긍정적으로 작용할 것이라 생각지는 않는다. 선의의 거짓말도 있을 수 있고, 당장은 상대를 고통에 빠뜨리는 날카로운 비수 같은 말이어도 언젠가 그 진심이 통하는 순간이 온다. 정답도 모르고 해답도 모른다면 침묵과 묵언이 최선이다. 긁어서 부스럼 만드는 일을 최소한 방지는 해줄 수 있다. 오지랖과 선행으로 오해를 사고 억울함의 굴레에 빠지기보단 가벼운 미소가 현명한 방법이다.

그렇게 말을 아껴서 원하는 것을 얻고, 사람들과 적당한 거리를 유지할 수 있었다. 또한 말을 삼키며 지우는 행위가 사람에 대한 부정적인 마음을 사라지게 하고, 동시에 평온을 가져다준다는 걸 깨달았다. 현재는 아끼는 말을 글로 남겨 불특정 다수에게 이로움을 주려 하지만 내 모든 글이 그렇지는 않을 것이다. 굳이 글이 아니더라도 내가 행하는 말 한마디를 얼마큼 생각하고 걸러서 해야 하는지의 중요성과 소중함을 깨닫는 시간을 가지게 된 것에 감사하다.

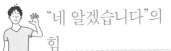

"네 알겠습니다"의 힘

◆

얼마 전부터 다른 사람과 소통할 때 앞뒤 정황이 어떠하든 논리적으로 따지지 않고, "네 알겠습니다"라고 대답하는 습관을 실천하고 있다. 아무리 소심하거나 내성적인 사람이라도 자신의 생각과 의견을 표현하는 것이 당연하며, 그러한 행위는 긍정적인 관계를 위한 것이지 절대 언쟁과 논쟁을 위한 것이 아니다. 그러나 안타깝게도 세상 모든 관계에서의 중심은 자신이므로 대화와 소통이 길어질수록 골은 깊어만 간다.

대화를 나누다가 "네 알겠습니다"라고 말하는 것은 상대를 인정하는 마음이다. 겸손과 배려. 다른 이의 말과 생각을 인정해야 한다는 걸 말로는 잘 알고 있어도 현실에서 행하기란 어렵다. 때론 좋지도 않고 원하지도 않는 상황을 받아들이려고 타인을 애써 내 안에 담으려는 괴로운 행위를 할 때가 있다. 그러면 결과는 지는 것 같지만 실은 그렇지가 않다. 안 좋게 느껴지는 오해로 상황을 모면한다

139

거나 그냥 무시하는 행위처럼도 생각될 수 있기에 인정의 시작과 끝은 진심이어야 한다.

이해타산과 경쟁의 구도에선 쉽지 않은 일이겠지만, 최소한 사적인 모든 상황에서는 가능한 일이다. 미소로 시작하여 미소로 끝맺는 관계를 바란다면 이유를 대지 말고 웃으면서 "네 알겠습니다" "그래 알았어"만 생각해보면 된다.

왜 예전엔 그토록 아닌 것을 바꾸려 노력했고, 잘못된 것을 바로 잡으려고 기를 썼는지, 이제 와서 생각해보면 나 자신을 괴롭히면서 동시에 상대방을 옭아매는 행위였다. 수없이 말하고 되뇌어도 머리로는 이해가 되는데 가슴이 인정하지 않는 '정답이 없는 세상'을 받아들이려면 최소한 내 주위에 있는 사람들에게는 내가 생각한 정답을 강요하거나 잘잘못을 따지려 들지 않았으면 한다.

그렇다고 반드시 좋게 끝나진 않을 테지만 웃으면서 수긍했을 때 마음은 편하다. 한 번 웃으며 말해보자. "네 알겠습니다."

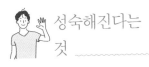
성숙해진다는
것

◆

사람들은 시련과 고난 그리고 누군가와의 이별을 계기로 성숙해질
수 있다고들 한다. 고통과 아픔은 또 다른 씨앗을 품어주고, 그 씨앗
은 언젠간 반드시 싹을 틔워 값진 열매를 맺어준다고 한다. 그런데
의문이 하나 생긴다. 왜 꼭 고통과 아픔으로 성숙을 얻을 수 있는 걸
까? 인고와 고뇌 뒤에 찾아오는 성숙은 자신과 주위의 모든 것을 한
순간에 바꿔놓을 수도 있기 때문이다. 느끼지 못했던 것이나 보이
지 않았던 것을 깨닫고 새로운 세상을 맞이할 수도 있다.

변화는 정말 중요하지만 어떠한 계기가 있지 않는 이상 쉽게 찾아
오지는 않는다. 그 변화는 변하지 않는 것들 사이에서 피어나기란
쉽지 않겠지만 성숙이라는 값진 열매는 늘 품고 있기에 언젠간 피
어나 성장과 발전을 이룰 진심 어린 삶의 길을 만들어준다. 그런 매
개체는 사람, 물건, 상황, 장소가 될 수도 있다. 삶과 인생의 길 위에
흩뿌려진 성숙을 발견하고 자신 안에 담아 멋있는 자아를 만들 수

있는 기회는 반드시 찾아온다. 그 순간이 왔을 때 분명 인지할 수 있을 것이다. 주위에 휩쓸려 반복되는 일상이라 여기며 가볍게 흘리지 말고, 반드시 껍데기를 깨고 나갈 수 있는 발판으로 삼아야 한다. 자신도 모르는 진정한 자신을 발견할 수 있는 소중한 시간이라는 걸 잊지 않았으면 좋겠다. 겉은 더욱 단단하고 속은 좀 더 부드러워진, 한층 성숙한 모습으로 행복한 삶을 살아가자.

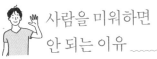 사람을 미워하면
안 되는 이유

◆

"세상은 좁다"라는 말이 있다. 살다 보면 평생 볼 일이 없을 것 같은 사람과 예상치 못한 순간에 마주치는 일이 종종 일어난다. 내가 피한다고 피해도 세상은 뜻대로 되지 않는다. 더욱이 세상은 내가 어디에 숨어 있더라도 언젠간 찾아낸다. 평생 마주치고 싶지 않은 미운 사람, 어색하고 껄끄러워서 되도록 스치지 않았으면 하는 사람, 머릿속에서조차 지워버리고 싶은 그때의 장소와 상황 그리고 사람들까지… 시간이 지날수록 원치 않는 것들이 점점 더 많아진다. 이런 얽히고설키며 울고 웃는 삶 속에서 최대한 많이 웃고 행복해지고 싶지만 현실에서는 뼈와 살을 깎는 고통이 동반되어야만 조금이라도 이룰 수 있다.

특히 인간관계 속에서는 서로가 좋은 마음으로 다가가 좋은 관계를 맺고 이어간다면 금상첨화겠지만 불협화음은 나게 마련이다. 내 행동이 타인에게 좋은 영향을 끼쳐야 하므로 자신을 사랑하는 만큼 타인도 사랑하고픈 마음을 지녀야 할 것이다. 결국 자신의 행복은 타인을 얼마나 사랑하느냐, 그 물음에 답하는 것과 같다. 타인을 미워하고 적대하는 만큼 주어진 행복은 줄어들고 어둠이 짙어지는 건 아주 당연한 순리이다. 쉽지 않다는 걸 알지만 그래도 사랑하고 사랑하자. 타인을 포용하고 사랑하고자 하는 마음은 자기 자신을 안아주고 사랑하는 자기애의 마음으로 이어진다.

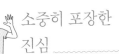

소중히 포장한
진심

◆

매 순간 진심을 나누는 감사는

물 흐르듯 평범한 일상이어야 하고

삶의 많은 것을 주고받을 땐 포장을 잘해야 한다.

예쁘게 포장된 것을 주기도 하고

예쁘게 포장된 것을 받기도 해야

진심을 나눌 수 있는 시간에 가깝게 다가가는 것이다.

아무 포장도 안 된 진심은 오히려 때가 탈 수 있지만 소중히 포장한 진심이라면 내 마음을 제대로 전달할 수 있다. 예의, 매너, 배려 이 세 가지로 포장하여 사랑하는 사람들에게 매일의 일상을 선물하듯 투명하게 다가가야 한다. 사랑과 행복을 나누려는 마음이 가득하다 해도 준비도 없이 머뭇거리거나 엉기적거리면 진심이 흐려지기 때문이다. 그 짧고 얇은 한 박자 쉬는 공간에서 우리는 예쁘게 포장하는 법도 배워야 한다.

 몰랐었다

◆

'백종원의 골목식당'을 즐겨본다. 평소에 떡볶이를 좋아해서 평택 떡볶이집 편이 기억에 남는다. 특히 여장부 같은 성격으로 패널들에게 즐거움을 주신 진승자 사장님이 인상 깊었다. 처음에 진승자 사장님의 떡볶이를 맛본 백종원은 이렇게 말했다.

"내가 여태까지 먹어본 떡볶이 중 가장 맛이 없다. 떡볶이가 웬만하면 맛이 없을 수가 없는 음식인데 이건 진짜 최악이다."

충분히 기분이 언짢았을 수 있었던 상황에도 사장님은 특유의 털털한 웃음을 지으며 자신의 불찰을 인정하고 조언을 받아들였다. 그리고 반전이 일어났다. 1주, 2주, 매주 솔루션을 받으면서 일취월장하던 사장님의 떡볶이가 세상에서 제일 맛있는 떡볶이로 재탄생한 것이다. 그리고 마침내 소원이라던 떡볶이 한 판을 다 판 후 울먹거리며 눈물을 훔치는 모습에 덩달아 나도 눈물이 흘렀다. 그 후에도 사장님은 한결같은 태도로 솔루션을 스펀지처럼 흡수하고 그 성과에 행복해하셨다.

삶도, 인생도 그리고 사랑도, 원하지 않는 이별도 모두 처음이기 때문에 서투르고 아픈 것이다. 설사 미리 안다 한들 나아지는 것은 크게 없겠지만 오랜 시간 몰랐던 것을 누군가가 건넨 한마디에 그렇구나, 깨닫게 될 때 고개를 뒤로 젖히고 하염없이 하늘만 바라보게 될 것이다.

아마도 원하는 것들만 담았기에, 행복과 사랑만을 원했기에, 좋은 것들로만 매 순간을 채우려고 노력했기에 오히려 그것이 넘쳐서 현실에서는 원하지 않은 슬픔과 고통으로 다가왔던 건 아닐까.

방송을 보고 이런저런 생각이 들었다. 맛있는 떡볶이 양념엔 고추장, 고춧가루, 간장, 설탕, 같은 기본적인 요소가 적당히 잘 배합이 되어야 하는데, 더 맛있어지라고 곶감 같은 말도 안 되는 재료를 넣고, 어울리지도 않는 양념장으로 떡볶이를 만들면 과연 맛있는 떡볶이가 만들어질까? 작은 음식 하나를 만들더라도 덜어내는 행위, 비우는 연습이 필요하다. 인생도 마찬가지다. 그러나 그것이 그렇게나 어렵다. 한평생 채워도 부족한 현실에서 비운다는 건 퇴보하고 낙후하는 행동이지 발전하고 나아가는 행동이 절대 아니라고 생각하기 때문이다.

뭐든 과하면 부족한 것만 못하다는 말이 있듯이 때로는 비우는 것도 채우는 것만큼이나 꼭 필요하다. 10개를 채우면 2, 3개 정도는 비워야 공간과 자리가 생기고 나머지 자리를 어떻게 채울지 조금 더 신중하게, 조금 더 조심스럽게 채울 수 있을 것이다. 비우면 그동안 보지 못했던 주위의 많은 것을 둘러볼 수가 있다. 사랑과 행복은 미친 듯이 채우다가도 그렇게 비워나가는 것임을 깊이 되새겼다.

그래도 사랑하길 참 잘했다

2

눈 감으면
선명해지는
것들

CHAPTER 1

내
슬픔을
고쳐
쓰는
시간

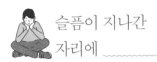

슬픔이 지나간 자리에

내 슬픔을
고쳐 쓰는
시간

♥

슬픔이 지나간 자리에는 무엇이 남아 있을까

여전히 슬픔이 있고 행복도 있다

어떠한 순간에도 부정적인 마음을 갖지 않으려고 했다

긍정의 행복만을 찾아서 걸었던 시간도 생각해보니 그리 길지 않았다

때로는 행복이라 부를 수 있을 만한 상황에서도 그저 편안하지만은 않았다

어둠의 한쪽에서 아무렇지 않게 살아가는 많은 이와 별다를 것 없이 숨 쉬며 살아왔다

무엇도 완벽한 감정 속에 있기가 어려웠다

그렇게 쌓인 슬픔은 혹한기의 눈송이만큼 쌓이지도 않았다

시간의 흐름에 슬픔은 녹아서 흘러내렸고 기다렸던 봄은 언제나 다시 찾아왔다

그렇게 슬픔은 어느 한 지점에 머물렀으며 나를 따라오진 않았다

슬픔을 지나온 것이다

슬픔이 지나간 자리는 특별할 것 없는 일상이 채웠다
시간을 먹은 슬픔은 이제 내 안에서 조금씩 일상이 되었다
그곳에서 보였던 건 잊은 줄 알았던 사랑과 행복이었다
생각해보니 사랑과 행복 또한 어느 한 지점에 머물렀지 나를
따라와주진 않았다

스며들던 슬픔만큼 다가올 행복을 눈덩이처럼 굴리는 일 또한 그리
어려운 것도 아니었다
묵묵히, 담담히 기다리며, 지나가고 스쳐간다
그것들을 행복으로 맞이하기 위해 필요한 건 미소뿐이다

미안하고
고맙다

♥

형제, 자매, 남매… 혈연으로 얽힌 이들은 대부분 싸우면서 크고, 커서도 싸운다. 남동생들만 있는 나 역시 무지 싸웠다. 그리고 많은 시간이 지난 어느 시점에 돌아보니 미안했고 고마웠다.

첫 책에서도 '사랑'에 대해 이야기했지만 연인 간의 사랑만 다룬 것은 아니다. 모든 인간사와 관계를 결국은 사랑으로 보려는 마음이었다. 그중 가족에 대한 감정을 표현한 글도 있지만 대놓고 표현하지는 못했다. 이유는 간단하다. 부끄럽고 창피해서다.

그 누구보다 부모님을 사랑하고 동생들을 많이 사랑한다. 타인에게 '사랑'이라는 단어를 쓰는 것보다 유독 가까운 이들, 특히 가족에게 표현하고 쓰는 것은 여전히 서툴고 어색하다. 더욱이 남동생들에게 사랑한다는 표현은 아마 평생 입 밖으로 그 단어를 내뱉는 것이 쉽지만은 않을 것 같다. 호칭은 형이지만 그리 강인하지 않은 모습으로 살아가기에 수많은 생각과 방황을 안고 살아가는 나였다. 그런 핑계들을 내세워 가장 가까운 동생들을 둘러보지 않은 형이라 뜨뜻

156

미지근한 미안한 마음이 늘 있는 것이다.

어느 저녁에 동생들과 편의점에서 맥주를 마시다가 동생들의 눈물을 보았다. 그런 적은 처음이어서 놀라기도 했지만 그 후로 무언가 가슴에 들어온 것 같았다. 둘째는 늘 나보다 형 같았던 아이다. 살아가면서 형으로서의 나를 필요로 했던 동생들의 마음을 몰랐던 건 아닌데 제대로 형 노릇을 하지 못한 것이 너무나 미안했다.

가끔 번듯하게 자라준 동생들이 너무나 자랑스러워서 눈물 지을 때가 있다. 하지만 그저 이렇게 글로써 추억하고, 미안해하고, 고마워할 뿐이다. 비단 나뿐만이 아닌 모든 사람이 그럴 것이다. 나중에 말하지 뭐, 언제든 표현할 수 있으리라 생각했던 것들이 시간이 지나면서 어려워지고, 서로에게 다가가려 노크하는 것조차 어색해져 마음에만 담아둔다. 하지만 그 감정들은 잊히지 않고 변치 않는 모습으로 그 자리에 남아 있다.

커져버린 몸만큼 커질 것 같던 마음은 반대로 작아졌고, 언제든 표현할 수 있을 것 같던 아무것도 아닌 시간들은 돌이킬 수 없는 강물에 휩쓸려 어색한 현실을 가져다주었다.

그렇게 원하면 언제든지 연락하고 만날 수 있는 가까운 이들에게 정작 마음은 전하지 못한 채 그저 미안함과 고마움이 커져간다.

 말에 꽃을
피우는 방법

♥

휴일에는 소파에 기대어 앉아 책을 읽는다. 그러다 보면 나도 모르게 살짝 꿀잠을 자버리기도 한다. 이 상황을 지인에게 이야기하니 "마음의 양식을 든든히 먹고 꿈의 세상에서 여행하셨네요"라고 말해주었다. 뭔가 큰 의미 없이 일상을 푸념하듯 던진 말이었는데, 활짝 피운 꽃으로 다시 내게 돌아왔다.

말이란 건 정말 신기하다.

누군가에게는 내리는 비가 질퍽거리고 짜증나는 존재가 될 수도 있고, 어떤 이에게는 갈증을 해소하는 생명수가 될 수도 있다. 하루를 엉망으로 보냈다며 친구가 불평불만을 한다면 이렇게 한번 얘기해보자.

"내일의 짜증을 오늘 다 소비했으니 내일은 맑음이겠네?"

그러면 웃기네, 하며 그가 웃을지도 모르겠다.

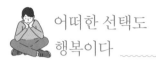 어떠한 선택도
행복이다

♥

삶에서 늘 옳고 맞는 것만 찾아낼 순 없다. 그렇기에 매 순간이 선택인 삶에서 옳은 선택과 그른 선택은 큰 의미가 없다. 후회 없는 선택일지라도 가다 보면 후회할 수도 있다. 하지만 결국엔 행복을 향해 방향을 잡을 것이고, 더욱 단단해진 마음을 얻는 시간이 될 것이다.

잘못된 선택이었어도 크게 나무라거나 질책하는 것 역시 큰 의미가 없다. 결국엔 원하는 쪽으로 찾아가게 되어 있으니까.

숨 쉴 수 없었던 고통도 현재의 미소 한 모금을 위한 것이었을 테고, 죽을 것만 같았던 고난과 상실도 보이지 않은 많은 것이 쌓인, 단단해진 마음의 씨앗으로 어딘가에 꽃피울 것이다.

그때 거기의 나도
지금 여기의 나도
행복했었고, 행복할 수 있다.

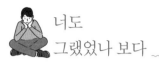

예상치 못한 사랑을 시작하고 떠나보낼 땐 간절함이 부족해서 떠나거나 흘려보내는 경우가 많다. 분명 서로가 원하는 눈빛과 마음을 주고받았다는 확신이 찾아와도 어딘가 모를 부족한 믿음이나 헤어짐의 두려움으로 미리 상처를 입는 것이다.

종이에 벤 듯 순식간에 스쳐 지나간 것은 아무것도 아닌 허공에 뜬 가벼운 시간 같았다. 그리고 아픈 줄도 몰랐던, 보이지도 않는 상처를 발견할 때까진 오랜 시간이 걸린다. 그 느낄 수 없는 투명한 시간이 쌓여 결국엔 서로가 함께 숨 쉬는 공간도 사라진다.

행복한 시간이었다. 비록 뒤도 안 돌아보고 날아갔지만 느꼈던 행복이 고스란히 남은 것을 보니 거짓은 아니었나 보다. 단지 머물게 하는 방법을 몰랐었나 보다.

철마다 철새가 새롭고 풍요로운 먹이를 찾아 이동하듯 행복의 풍부한 먹잇감이 고갈될 때쯤 자연스럽게 곁에 내려앉는 것이 이별인가

보다. 그리고 텃새가 되고 싶은 욕망은 잠시 차오르다가 이내 가라 앉는다. 원하는 사랑을 품고 싶지만 바라는 사랑을 줄 수 없기에 사랑의 시작은 늘 텃새가 되고 싶은 마음으로 떠다니나 보다.

그리고 이해하지 못하는 기억 반대편엔
먹이가 가득한 배부름의 안락보단
맑고 푸른 하늘을 동경하는 이가 있다.
"너도 그랬었나 보다."
뒤늦은 생각이 밀물처럼 밀려올 때가 있다.

♥

깊은 새벽, 골목길에서 빈 깡통을 줍는 누군가의 인기척에 잠이 깬
다. 고요함 속에 달그락거리는 소리는 새벽을 깨우기에 부족함이
없다.

별빛이 떨어지는 밤에 또 다른 누군가는 흘린 마음을 주우러 다닌
다. 고요한 새벽에 주우러 다녀야 아무도 자신이 외롭다는 걸 모를
테니까.

공갈빵처럼 부풀기만 하다가 넘치는 마음들, 아껴 쓴다고 오래 썼
지만 이젠 필요 없는 마음들, 살짝 베인 것이 너무 아프다고 집으로
돌아갈 때 길바닥에 흘리고 간 마음들, 누구나 한때 흘린 것들이지
만, 어느 순간 모든 것이 소중하게 느껴진다.

그렇게 수많은 마음이 수많은 관계 속에서 이리 치이고, 저리 치이고를 반복하다 결국엔 또다시 자신에게로 온다.

지금 내가 필요한 마음을 주웠지만 나도 모르게 또 언제 버려질지, 그렇게 버려진 마음은 또 누군가가 살며시 주워 소중하게 간직할지 아무도 모른다. 마음 조심하며 살아가려 하지만 상처는 늘 생기는 법이고 그 자리는 울퉁불퉁한 딱지가 신경 쓰이기 마련이다.

다치지 않는 삶이 어디 있을까. 상처의 깊이와 면적만 다를 뿐 각자가 짊어지고 가야 할 마음과 내려놔도 괜찮을 마음이 뒤섞인다. 그러곤 소중한 사람을 한참 동안 바라보다 보면 안타까울 만큼 아름답고 예쁜 마음들을 흘리고 흘려보낸다. 바라보는 것 외에는 아무것도 할 수 없다. 누구의 의지로도 막아줄 수 없고 담아줄 수 없다. 후에 돋아난 상처가 되도록 예쁜 딱지가 앉길 기도할 뿐이다.

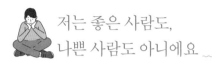 저는 좋은 사람도,
나쁜 사람도 아니에요

♥

세상엔 좋은 사람도 나쁜 사람도 없다. 나와 잘 맞아서 좋은 사람이고 나와 맞지 않기에 나쁜 사람이 될 수 있는 것이다. 그 좋던 사람이 남에게 손가락질과 갖은 질타를 받는 것이 이해가 되지 않고, 그 나쁜 사람이 남에게 환대받으며 칭찬받는 것이 이해가 안 되는 답답한 현실이다. 하지만 그것을 받아들일 수 있어야 비로소 나 또한 누군가에게는 좋은 사람일 수도, 나쁜 사람일 수도 있겠구나, 하는 깨달음을 얻는다. 우리가 이해와 포용이란 단어를 몰라서 먼저 손 내밀지 못하는 건 아니지 않은가. 선한 의도였다 하더라도 나쁜 가면을 쓸 수 있고, 어쩌다 보니 착한 사람이 될 수 있다. 누구에게나 있을 수 있는 일이다.

뜻대로 되지 않는 삶 속에서 키워나가고 연습해야 하는 것이 있다. 옳은 것만을 쫓으며 흔들리지 않는 마음으로 정진하는 것만이 다가 아닌, 어떠한 상황에서도 "그럴 수 있다"는 생각을 열어두어야 한

166

다. 그것은 타인을 위하는 것이 아닌, 자신을 위하는 것이다. 내 모습이 어떤 장소나 상황에서 자신의 의도와 상관없이 타인에게 비춰지고 각인된다면 너무나 억울하기에 그런 작은 상처들은 끊임없이 마음 한구석에 쌓일 수밖에 없다. 그런 어쩔 수 없는 일은 우리가 삶의 끝자락에 닿을 때까지 계속될 것이다. 그래서 우리는 타인과 함께 할 때 자신이 보고 느낀 그대로를 수용하기보다는 약간은 흐릿한 마음으로, 그럴 수도 있다는 이해로 대해야 한다.

주위에 모든 사람을 명확하게 좋은 사람과 나쁜 사람으로 구분한다면 나 또한 그 한쪽에 속할 수 있는 것이다. 이것만 기억하자. 타인에게 너그럽다면 타인 또한 내게 너그러울 것이다.

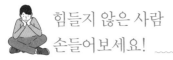

힘들지 않은 사람
손들어보세요!

♥

모든 사람은 각자의 자리와 위치에서

저마다 힘들다.

모든 경제활동을 하는 사람들 그리고 주부들과 노인들, 일자리를 원하는 쉬고 있는 사람들이나 심지어 돈이 너무 많아 쓸 곳을 고민하는 사람들조차 정신적인 스트레스와 각종 걱정, 고민거리에 시달릴 수 있다. 위로의 말을 듣고 싶은 사람은 당연히 많이 힘들 것이고, 그 위로의 말을 건네는 사람 역시 남에게 도움이 되는 삶을 살더라도 자신의 삶은 고달프고 힘들 수 있다. 삶이 언제나 행복하고 좋기만 한 사람은 이 세상에 없다. 원해서 태어난 것은 아니어도 원하는 행복을 찾으며 누리고 싶은 단 한 번의 인생이다. 괴롭고 힘든 것들이 더 많이 지배하는 삶이지만 누구나 지속되지 않는 그 짧은 순간의 행복을 위해 잿빛 현실을 무지개 안경을 쓰고 예쁘게 살아가려 하는 게 모든 이의 마음이다.

타인의 미소를 볼 때마다 시기하고 질투하는 건 마음만 가난하게 만들 뿐이다. 타인 또한 나와 같은 고민과 걱정을 갖고 살아간다. 너나 나나 비슷하게 살아가는 삶에서 조금 더, 조금 덜과 같은 쓸데없는 비교는 그만두고 원하는 것, 원하는 행복을 그려나가자.

나, 너,
우리의 색깔

♥

빛의 삼원색이 섞이면 흰색이 되고, 색의 삼원색이 섞이면 검정이 되듯 사랑의 삼원색인 나, 너, 우리가 섞이면 투명한 색이 된다.

투명하다고 해서 색이 없는 것이 아니다. 수많은 것이 녹아들어 진하게 보이는 투명한 색이다. 어디에서 흘러왔는지 출처를 알 수도 없는 각양각색의 것들이 여기저기에서 모여 만나고 뒤섞이기를 반복하고, 흐르고 흘러 정화되듯 깨끗해지는 과정을 우리는 겪어야 한다.

너와 나도 끊임없이 흐르고 만나서 우리라는 이름으로 계속 섞여야 한다. 우리라는 이름은 아주 잠깐일 뿐 바라는 대로 한참 지속하기는 어렵다. 서로가 알고 있다. 부족한 시간 안에서는 단편적인 것들만 보인다. 여러 가지를 보려 해도 길들여진 삶의 시선은 맑은 색깔을 찾으려 애쓰는 것보다 나와 다른 색은 무엇인지? 내가 싫어하는 색은 무엇인지? 먼저 보고 싶은 것을 보는 마음이 강하다. 그래도 강렬한 사랑의 색은 서로를 끌어당기어 섞이면 짙은 선명한 색이 점차 줄어들면서 서로를 바라보며 느낄 수 있는 투명한 색에 가까워질 것이란 걸 믿어 의심치 않는다.

어쩌면 진정한 하나가 되는 방법은 서로의 색을 명확하게 구분할 줄 아는 능력이 아니라 서로를 진실된 마음으로 투명하게 바라보는 것이 아닐까 싶다.

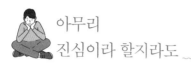

아무리
진심이라 할지라도

♥

타인을 위한 생각과 배려는 고맙고 감사한 일이지만 가만히 생각해 보면 걱정을 가장한 오지랖이다. 그런데 두 가지다. 자기 시간을 쪼 개서 걱정해주는 일은 정말 할 일이 없거나 혹은 진심으로 사랑하 니까 할 수 있는 일이다. 여기서 문제는 많이 사랑해서다. 사랑이 부 족한 현실에서 넘쳐도 모자를 판에 많은 사랑이 문제가 된다니 의 아할 수도 있다. 그러나 걱정과 사랑을 담아 해주는 많은 말과 조언 은 자신의 방식이지 타인의 뜻과 의지는 아닐 것이다.

원래 삶이란 오해의 연속이지만 그 안에서 꽃이 피어나기도 한다. 척박한 땅에 아무리 좋은 씨앗을 뿌린다 한들 피어날 수 없듯이 마 음과 행동을 거짓 없이 건넨다 해도 타인에게 전해지지 않을 때도 있다. 진심 어린 걱정은 상대가 원하는 말과 행동을 해줄 수 있을 때 비로소 상대를 어루만질 수 있고 포용할 수 있다.

직선으로 갈 수 있는 거리를 돌아서 가려면 시간도 오래 걸리고 변수도 많이 생기겠지만 내 마음을 타인의 마음에 억지로 심으려는 것이 아닌 자연스럽게 스며들게 하려면 깨질 것 같이 얇은 타인의 마음을 헤아리고 바라볼 줄 아는 시선으로 천천히 돌아서 가야 한다.

♥

단순하고 흔한 것들에 커다란 의미를 부여할 때가 있다. 그 의미는
단순한 것들의 가치가 사라진다 해도 그대로 남는다. 흔하고 사소
한 것일수록 마음과 의미는 더욱 크게 부여된다. 그 마음을 알고 건
넨다면, 그 마음을 알고 받는다면 의미는 영원히 꺼지지 않고 타오
를 것이다.

아무에게나 쉽게 건넬 수 없는, 소중하게 간직했던 것이라면 분명
히 받는 사람도 알 것이다. 흔히 스치거나 지나치는 가벼움이 아닌
소중한 보물단지 꺼내듯 조심스러운 말투와 행동 하나하나에 얼마
나 진심이 녹아 있고 마음이 들어 있는지 굳이 확인하지 않아도 느
낌으로 알 수 있다.

의미의 깊음과 얕음은 중요하지 않다. 그렇게 새겨진 의미는 그것
을 알아보는 사람만이 받을 수 있고, 소중히 간직될 수 있다. 단 한
사람 혹은 몇 명에게만 전해지고 닿을 수 있는 것이다. 또한 죽을 때

까지 닳거나 사라지지도 않는다. 지워지지 않는 영원한 추억, 가끔은 삶의 고난에 주저앉았을 때 일어나서 계속 걸어갈 힘을 주는 에너지, 주체 못 하는 행복의 사이사이에 박혀 쉼을 줄 때도 있고, 평온하게 지고 있는 지평선의 노을을 바라볼 때면 세상 모든 포근한 온기들이 다가옴을 느낀다. 그렇게 매 순간 새겨진 의미들로 살아간다.

뜻하지 않은 삶이라서
뜻하지 않은 행복이 있다

♥

누구나 서른쯤 되면 혹은 마흔쯤 되면 어느 정도 안정을 찾을 거라 생각한다. 그러나 대다수는 그렇지 않다. 나이와 현실은 그 어떠한 상관관계가 없다. 살아가면서 원하고 필요하다고 판단되는 것들은 거저 얻을 수 없다. 굳은 의지와 실천력 그리고 운도 따라줘야 겨우 얻을까 말까다. 인생은 뜻하지 않은 길을 갈 때도 있고, 뜻하지 않은 것들과 사람들로 인해 열심히 노를 저어도 배가 산으로 갈 때도 많다.

어느 날 갑자기 복권이 당첨돼서 말도 안 되는 큰돈이 생기는 일이 누구에겐 현실이 될 수도 있겠지만 내가 될 것이라는 생각은 헛된 꿈이며 설사 그런 기적 같은 일이 일어난다 하여도 그건 생각했던 행복과는 거리가 멀 수도 있다.

반짝이던 20대를 지나면 조금은 차분해지고 안정을 바란다. 아니, 성숙한 20대 친구들은 이미 세상을 깊이 바라볼 줄 안다.

176

올라가기도 하고 내려가기도 하는 굴곡진 삶에서 완만한 언덕은 없다. 항상 어느 방향으로든 흘러가고 그 흐르는 길에 행복이 있길 바랄 뿐이다.

서른이나 마흔 혹은 그 이상 나이를 먹었을 때 경험하는 인생이 예상했던 것이 아니더라도 낙담하거나 실망할 필요가 없다. 모두가 뜻하는 대로 흘러가는 삶이 아니기에 행복 또한 뜻하지 않은 삶을 걷고 있는 자신에게 충분히 머물러줄 수 있는 것이다.

단지 눈에 보이고 손에 잡히는 것들로만 행복을 정하고 판단한다면 삶의 길은 자신도 모르는 죽음으로만 향하는 발걸음뿐일 것이다. 나아가고 발전하기 위해 노력한 많은 것에 원하는 행복이 얼마나 많이 녹아 있는지, 그것을 충분히 만끽하며 살고 있는지, 매 순간 되짚어보면 불안함은 그냥 지나갈 걱정거리일 뿐이다.

그런 순간의 걱정들은 깊어가는 새벽에 묻혀 사라질 테니 걱정할 필요가 없는 것이다.

♥

우리는 감정에 휘둘린다.

외로움을 견디지 못해 여기저기 하소연하며 찌든 눈물자국을 곳곳에 남기고 있고, 더 많은 사랑을 얻기 위해 거짓된 모습을 어느 정도 포장하며 살아가고 있다. 크고 작은 수많은 문제에 시간과 열정을 한없이 들이붓고 있으며, 작게 쌓이는 행복에 방심했다가 나태해지기도 한다. 원치 않은 이별에도 태연한 척, 아무렇지도 않은 척 뒤돌아서고, 최대한 멀리 떨어져서 눈물을 보이며, 가끔 약해지는 마음을 둘 곳이 없어 불안한 모습으로 어두운 터널을 하염없이 걷기도 한다.

아니라고 부정을 해도 무의식중에 우리는 가진 것을 잃지 않기 위해, 더 많은 것을 채우기 위해 끊임없이 앞만 보며 나아간다. 그리고 삶의 원하는 것들이 채워지지 않으면 가장 흔하게 채울 수 있는 욕구인 음식을, 먹는다는 느낌도 없이 그저 뱃속에 밀어 넣는다. 그러다가 몽롱한 정신에 휩싸여 자신을 잡아먹는다.

자극적인 음식만이 몸을 망가트리는 것은 아니다. 자극적으로 노출돼 있는 삶에 방향을 잡지 못하고 비틀거리면 정신과 마음은 쉽사리 무너진다. 길들여진 자극적인 삶에 양념을 줄이자. 최대한 담백하고 여유롭게 발걸음을 내딛는 연습을 해보자.

노력에
관하여

♥

우리는 각자의 위치에서 원하는 것을 위해 끊임없이 노력을 하고
있다. 노력은 불가항력도 이겨낼 수 있는 인간의 위대한 힘이란 걸
부정할 수는 없지만 몸과 마음을 다하여 애쓰다 보면 지칠 수밖에
없다. 지쳐 쓰러지기 전에 목표에 닿으면 없던 힘도 다시 생기고 삶
이 윤택해지겠지만, 모든 삶이 과정에 따른 당연한 결과가 주어지
는 것이 아니라는 걸 살아보면 몸소 느낄 수 있다.

그리고 세상은 생각보다 불공평하다. 열심히 노력하며 삶을 살아왔
고, 살고 있지만 안락하고 행복한 삶을 영위할 수 없는 이들이 많고,
예상에도 없던 좋은 운으로 인해 지옥 같은 삶이 하루아침에 천국
으로 바뀌는 경우도 있다. 우리는 이런 흔치 않은 일을 부러워하고
스스로를 탓할 게 아니라 노력을 해도 되지 않는 자신을 객관적으
로 바라볼 필요가 있는 것이다.

원하는 일을 잘하기 위해 노력을 하지만 아무리 오랜 시간이 지나도 안 되는 경우가 있다. 그래서 대부분은 해야만 하는 일에서 노력을 한다. 확실한 보상이 주어지는 해야만 하는 일에서 성취를 꼭 얻는다면야 그보다 만족스러운 삶은 없겠지만 보상과 성취마저 주어지지 않는 일상은 우리를 가끔 주저앉게 한다.

현실도 녹록지 않다. "돈이 없어서, 시간이 없어서…" 누구나 한 번쯤은 해봤을 법한 말이다. 거짓이 아닌 현실에서 비롯한 진심이다. 여기에 반감을 갖는 사람이 이상한 것이다.

그런데 똑같이 돈과 시간이 없는 소수가 간혹 성공하는 모습을 본다. 그들은 다른 하나를 더 갖고 있다. 그건 바로 용기다. 능력이 없다는, 노력이 부족하다는 주위의 말에도 굴하지 않고 자신만의 길을 가고자 하는 용기 말이다.

그러니 두려워하지 말자. 오롯이 자신의 뜻이 담긴 일에서도 쓰러지는 모습이 부지기수인데, 주어진 삶을 성취하지 못한 것은 무지한 능력이나 노력의 부재 때문이 아니다.

목적을 위하여 애쓴 당신은 위로받아 마땅하다. 만일 스스로를 비난하고 자책하게 된다면 결과만을 중시하는 사회가 만든 잘못된 인식에서 비롯한 것이니 인정하지도 말고 동참하지도 말았으면 한다. 뜻을 이루려는 간절한 마음으로, 원하는 삶의 모습에 닿으려는 노력을 행하며, 꿈을 꾸길 바란다. 그 마음만 잃지 않는다면 오랜 시간이 걸려도 반드시 그 꿈 가까이 갈 수 있을 것이다.

습관이라는 씨앗

♥

하루에 백 원씩 모으는 아이가 있다. 1년을 꼬박 모아도 3만 6천 5백 원이다. 그 아이는 중학교에 올라가서는 하루에 오백 원씩 모은다. 1년이 되니 18만 2천 원이다. 아주 조금씩 액수를 늘려나가더니 대학에 입학한 뒤에는 하루에 5천 원씩 저금했다.

학생의 신분으로 적은 금액이 아니다 싶었지만 1년 후 모은 돈을 보니 뿌듯함이 이루 말할 수가 없었다. 직장에 취직을 해서도 저금하는 습관은 변하지 않았다.

누구는 말한다. 별것도 아닌 것 갖고 그렇게 빡빡하게 살지 말고 텐션 있고 여유롭게 살라고. 그런 사소한 강박이 생활에서 작은 스트레스가 될 바엔 포기하고 자유롭게 산다고. 그러나 그 아이는 이렇게 말했다.

"나는 작은 돈을 저축하는 습관을 길러온 게 아니에요. 그냥 없어도 그만인 돈을 저금통에 넣다 보니 그 행위가 자연스러워진 것뿐이에요. 시간이 흐르니 습관 아닌 습관이 제게 작은 선물을 준 것 같아요. 그로 인해 다른 습관들도 생겼거든요. 운동은 싫어하지만 하루에 5분씩 스트레칭을 해준다거나, 공부는 싫어하지만 하루에 책 다섯 장 읽기라는 작은 목표를 세워두니 어느새 자연스럽게 하고 있더라고요.

꼭 큰 목표여야만 큰 성장을 만드는 건 아니에요. 누구나 대통령 같은 큰 인물을 꿈꾸며, 크고 원대한 꿈을 향해 나아가고 정진하지만 대부분은 조금씩 변하는 사회 안에서 자신도 모르게 흡수되듯 살아가는 것 같아요.

더욱이 가치관이나 성격, 습성은 살아가면서 조금씩 변해요. 그때마다 다짐을 하면서 새로운 마음가짐으로 의지를 굳히는 건 자신을 더욱 힘들게 만들 수도 있어요.

그냥 아주 사소하고 별것도 아닌 것들을 씨앗을 뿌리듯 내 주변에 뿌려놓으면 어떨까요? 의식적으로 하는 게 아닌, 무의식적으로 하려고 해보세요. 매주 습관처럼 복권을 사는 것보다 삶과 인생에 더 큰 도움이 될 테니까요."

"그냥 아주 사소하고 별것도 아닌 것들을
씨앗을 뿌리듯 내 주변에 뿌려놓으면 어떨까요?"

누구는 말한다. 별것도 아닌 것 갖고
그렇게 빡빡하게 살지 말고 여유롭게 살라고.

하지만 별것도 아닌 작은 홀판 하나로
싹을 틔우고 열매를 얻었다면
삶에서 최고의 수확을 이룬 것이 아닐까.

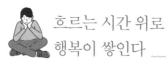
♥

평생을 찾아 헤매도 찾을 수 없는 곳이다. 하지만 사람들은 인정하지 않는 망각의 마음으로 행복한 곳만을 끊임없이 찾고 찾는다.

아픔과 고통이 없는 곳이 천국이자 낙원이라는 생각은 아마도 현실의 매 순간이 괴로워서가 아닌 달콤한 맛을 잊지 못해서는 아닐까, 라는 생각을 해본다. 본성의 욕심으로 얻고 싶고 얻으려는 것들은 마음이나 정신적인 것이 아닌 볼 수 있고, 만질 수 있고, 피부로 느낄 수 있는, 달콤한 것들이기에 그 안락은 피하거나 거부할 수 없는 유혹이다. 그런 것들의 틈바구니에서는 고통과 아픔이란 건 절대 있을 수가 없다.

태어나는 순간부터가 아픔과 고통이다. 다만 흐르는 시간 위로 기쁨과 즐거움들이 쌓여가기에 가려져 보이지 않는 것뿐이다. 달콤한 것들의 약발이 떨어지면 견딜 수가 없기에 끊임없이 쌓으려는 것이다. 그래서 죽음의 순간은 쌓아온 것들을 모두 다 잃는 아픔과 고통을 겪는 지옥으로 그려진다. 사실은 태어나기 바로 직전으로 돌아가는 것인데 말이다.

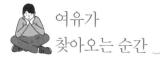여유가
찾아오는 순간

♥

1분 1초가 바쁜 사람들에게 위로를 해준답시고 대책 없이 여유를 가지라고 말하는 건 잘못된 것 같다. 오히려 "여유 같은 소리하고 있네"라는 반감만 들게 할 수도 있으니까. 내 마음은 그게 아니어도 전달하려는 의도와 받아들이는 마음은 언제든 다를 수 있기에 온전히 마음을 전하기란 쉽지 않다.

여유를 갖고 싶지 않은 사람이 어디 있겠는가. 그래서 우리들은 그 어긋난 지점에서 문제와 잘못을 찾지 못하고 얽히고설킨 오해의 늪에서 살아가고 있다. 해답이 보이는 상황일지라도 내가 생각하는 해답이지 상대의 정답은 아닐 것이다.

떨어지는 폭포수도 계곡에선 졸졸 흐르듯 복잡다단한 관계 속에서도 위로와 여유는 찾아온다. 고난만 있는 삶이 아니기에 모든 시간 안에는 평온의 싹도 움츠리고 있다. 그리고 찾아온 여유는 터질 것 같던 심장을 잠재우며 수많은 생각이 필요한 관계들을 한순간에 정리해줄 수도 있다. 그렇게 한순간에 마치 다른 사람인 양 스며든 여유는 원점의 나로 데려다준다.

정신없고 복잡한 현실 속에서도 여유를 갖는 사람, 같은 하루를 보내면서도 유난히 여유로운 사람이 있다. 늘 밝은 낯빛에 기쁨이 한껏 충전된 미소로 주위 사람들에게 긍정의 에너지를 나눠준다. 누군가 긍정의 비결을 물어보면 뻔한 대답을 한다.

"안 좋게 생각할 게 뭐 있나요. 좋게 마음먹는 거죠."

누구나 생각은 늘 긍정적으로 갖고 웃으려 하지만 삶이란 게 그렇지 않다고 수많은 핑계를 내놓는다. 그렇게 푸념한다고 웃을 날이 찾아오진 않는다. 매 순간에 흩어져 있는 작은 기쁨을 즐겨야 한다. 여유로운 사람들은 자신만의 기쁨을 찾을 줄 안다. 세상은 내 뜻대로 할 수 없어도 자신만큼은 내 뜻대로 기뻐하고 충만한 것이다. 여유는 거기서 온다.

오해의
해결방법

♥

오해란, 내가 품고 있던 것을 상대에게 고스란히 건네주었다고 생각하는데 상대방은 그것을 자신이 생각하고 있는 여러 가지 모양으로 변형시킨 후 다시 내게 묻는 것이다. 수없이 반복될 때도 많아 마치 빠져나올 수 없는 뫼비우스의 띠 같기도 하다. 실은 그렇기에 해결방법이란 없다. 아주 오랜 시간을 들여 상대를 이해시키려고 노력하여도 결국 돌아오는 대답은 찝찝하고 씁쓸할 때가 많다.

그렇게 보이지 않는 벽이 쌓이는 것을 느낀다. 매사에 진심인 사람은 자신의 뜻과 의지에 어떠한 의심도 하지 않는다.
그러나 받아들이는 이는 내가 아니라 타인이다. 타인의 입장을 고려하지 않는다면 오해뿐이다. 의사전달에 있어 흡수의 기준이 '나'가 아니므로 언제나 더 밑이고, 더 위인 것이다. 그렇기 때문에 시야를 낮추든지 혹은 올리면 되는 것이다. 낮추려면 말을 아끼고, 높이려면 부족함을 인정해야 한다.

오해는 어쩌면 자신과 타인의 의견이 맞지 않는 시간 속에서의 방황이 아닌, 자신 안에 타인을 담기 위한 줄다리기 같은 것일 수 있다. 당길 수 있는 힘을 충분히 가지고 있어도 느슨하게 풀어 줄 수 있는 지혜로 타인의 의견을 듣고 받아들이자.

♥

이별의 두려움은 '떠난 것'이 아닌 '흘러간 것'이다. 자신을 떠나버린 모든 것에 대해 원망뿐이 남지 않아 좋은 기억은 떠올리기도 전에 이미 퇴색됐다. 좋은 시작으로 많은 걸 쌓아갔지만 쌓은 것들은 온전한 모양을 유지하거나 원래의 빛깔을 간직하진 않는다. 변한 것들은 자신의 탓이 아닌, 타인의 불찰과 무관심으로 인해 만들어진 결과라고 생각하는 경우가 많기 때문이다. 그래서 떠나감은 모든 걸 버리고 빠져나오는 것 같아도 멀리서 바라보면 나 스스로도 흘러가는 일이다. 그 아픔이 무뎌지기까지 많은 시간이 필요하겠지만 곧 현실은 밝음으로 자신을 안아준다. 잠깐의 꿈을 꾼 후 돌아온 것 같아도 이별이라는 이름으로 남은 것들은 박제가 된 듯 영원히 그 자리에 머물 것이다.

나를 떠나간 수많은 것에 대한 원망이 끝없이 이어질 것 같아도 영원히 그 시간에 사로잡혀 살지는 않는다. 그렇게 오랜 시간이 지나고 옛 기억을 떠올려보면 이별은 떠나버린 것들이 아닌 흘러간 것임을 조금이나마 느낄 수 있다.

잡을 수 없는 시간에 내가 흘러왔고, 나를 둘러싼 많은 것도 그냥 흘러갔다. 그 자연스러운 현실에 견딜 수 없는 감정을 여러 번 내뱉고 나서 더 이상 뱉어낼 감정들이 옅어지면 낯선 마음도 곁에 놓일 것이다. 결코 감정을 낭비한 적도 없고 다 써버린 것이 아니다. 좋건 나쁘건 한때 뜨거웠던 감정은 그때 그 순간이 아니면 느낄 수 없는 것들이기에 그 기억과 추억들을 낡은 삶의 한 페이지에 적어놓고 읊조린다. 사랑했고 고마웠다고.

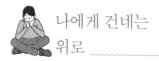
♥

삶에 고난이 찾아와 가시밭길을 걷다 보면 혼자 남은 세상이라 여겨져 많은 것을 이루고 쌓아나갔던 행복의 마음은 모두 잊어버린다. 세상 어디를 둘러봐도 내 맘 하나 알아주는 이 없고 위로받을 곳도 없다. 가족조차 멀게 느껴진다. 그래서 쌓아온 생활은 한순간에 엉망이 되어버리고 바닥까지 추락해 허우적대는 경우가 허다하다.

무언가 내 머리 위를 가리고 있어서 내가 서 있는 자리만 빛이 닿질 않는 것 같다. 그늘진 어둠 속에서 나와 함께할 수 있는 건 무엇도 없다는 생각만 맴돈다. 희망과 용기를 주는 말을 아무리 들어봤자 공감이 되지 않고 다른 세계, 다른 사람들의 이야기로만 들린다.
그 어둠 속을 스스로 나오려는 의지가 도무지 생기지 않는다. 설사 나온다 한들 나를 감싸 안으려는 곳은 어디에도 없을 거라는 생각이 든다.

그러나 이때 진정 내가 모르고 있는 것이 있었다. 그런 생각을 하고 있을 때에는 같은 생각을 하고 있는 사람들만 보이기 때문이다. 뭐 눈에는 뭐만 보인다고 불행과 고통 속에서는 절대 좋거나 행복한 것들은 눈에 들어오지 않았다. 미래도 그려지지 않았다. 결코 가본 적이 없는 곳을 헤매다가도 다시 돌아오는 것이 자연스러운 모습인데, 끝도 없이 방황하고 있다는 걸 나 자신만 모르고 있었다. 변하지 않는 일상에서 견딜 수 없다고 생각하는 고통을 넘지 못한다면 곧 다가와줄 행복도 버겁다는 걸 뒤늦게 깨달았다.

어느 날 힘없이 걸터앉은 동네 개천의 돌다리 위를 물들이는 노을을 보았다. 차츰 수평선 너머로 지는 노을이 빛을 잃어버린 나를 물들일 때 비로소 느꼈다. 긍정적인 것들을 인정하고 품다 보면 잃었던 나의 색도 다시금 찾을 수 있겠다고.

♥

옷깃을 여미는 시린 겨울이 온 것 같아도 눈 몇 번 깜빡거리면 이내 곧 따뜻한 바람이 불 것이다. 계절과 시간의 흐름을 체감하면서 또 나이를 먹었구나, 붙잡을 수 없는 현실이 야속하기만 하다. 하지만 나는 그렇게 생각하지 않는다. 어느 순간 변함없이 그 자리를 지키고 있던 것들을 돌아보고 느낀다는 건 모르고 있던 자신의 모습을 깨닫는 일이기도 하다.

마음도 마찬가지일 것이다. 다가오는 많은 마음 중에서 필요했던 것을 우선했을 뿐이다. 배가 고프면 밥을 먹어야 하고 사랑이 고프면 갈구하게 되는 것처럼 마음도 본능이 아닐까 싶다. 그래서 어느 순간 잔잔하고 평온한 마음이 스며들면 삶의 폭풍 또한 잠든 것이라 생각한다. 그 마음을 받아들이는 건 전혀 어려운 일이 아니다. 다만 그동안 내가 쥐고 있던 수많은 마음 때문에 더 담을 수 있는 공간이 없을 수도 있다.

열정과 꿈, 진취적인 생각과 야망으로 가득 찬 10대나 20대에게 평온에 대한 강박관념은 오히려 독이다. 그래서 나는 가끔 20대 친구들이 삶과 인생에 대해 조언을 구해오면 그동안 하지 말라고 들었던 것들을 해보라고 말해준다.

말싸움, 혼자 살아보기, 숨넘어가기 전까지 술 먹어보기, 며칠 동안 밤새 놀기, 가진 돈 탕진하기, 쓸데없는 일에 시간낭비하기, 그저 빈둥대기 등과 같은 보통 어른들이 하지 말라는 것들을 해보라고 한다. 그리고 많은 이별을 해보는 게 가장 중요하다고 말한다.

이성과의 이별뿐만 아니라 친구와의 절교, 아끼는 물건, 키우던 생명들, 떠나고 싶지 않은 장소 등등 많은 것과 이별해보라고 한다.

사실 이런 풍파는 굳이 자진해서 하지 않아도 살다 보면 자연스럽게 내게 찾아온다. 원한다고 쉽게 오지도 않는다. 모두 예상치 못한 순간에 맞닥뜨리기 때문에 미리 대비해보는 것이다. 분명 통제할 수 없을 정도로 흥분되거나 정신이 혼미해지는 형태로 다가올 테지만 결국엔 평온해질 것이다. 그리고 조금 더 단단한 내가 될 것이다.

평온함만 도모한다면 삶은 매력적이지 않을 것이라고 감히 말한다. 조금 더 다른 것들에 눈을 맞추어 용기 내어 뛰어들고, 낯설게 다가오는 것들을 경험해보면 평온과는 또 다른 평온이 마음 한가운데 자리 잡을 것이다. 그 경험치와 더불어 더 특별한 평온이 돼주리라 믿는다.

숨

♥

시작의 설렘은 회색빛 구름이 가득한 현실에서 너무나 아름다
운 무지개다
그러나 찌든 현실 속에 이내 형형색색의 무지개는 퇴색된다
매일의 시작은 그렇게 화려한 빛이 남긴 흔적인가 보다

그 흔적들 안에서 우리는 숨 쉰다
원해서 쉬는 숨은 아닐지라도 생생한 기운들이 남긴 흔적은
미소와 눈물이다
어느 것이 더 많고 더 적은지는 의미가 없다
미소를 따라 걷는 숨은 꽃봉오리가 될 것이고
눈물을 따라 걷는 숨은 푸른 바다가 될 것이다

계절이 바뀌고 시간이 흐르면 많은 것이 변한다. 하지만 나는 그대로다. 정신없이 지나가는 어제와 오늘을 일일히 기억할 순 없어도 내가 걸어왔던 그 길은 하나였기에 시간이 흐를수록 선명하다.

그렇게 미소와 눈물로 그 길을 걸어간다.
들이마시고 내쉬는 한 줌의 숨이,
그 미세한 온기가 닿은 자리에서 꽃이 피어난다.

 그윽한
커피

♥

1. 깊숙하여 아늑하고 고요하다.
2. 뜻이나 생각 따위가 깊거나 간절하다.

늦은 오후, 커피를 내리다가 문득 이런 생각이 든다. 한두 방울 떨어지는 검은 눈물 속에 진한 향기가 들어 있는 것 같다. 그런 방울들이 모여 한 잔의 커피가 되고 나는 천천히 그것을 마신다. 온몸으로 퍼지는 그윽함에 눈이 저절로 감긴다. 원하고 상상했던 순간들이 눈앞에 펼쳐진다.

사전의 의미 그대로 깊숙해지고, 아늑하며, 고요해진다.

그리고 어느 순간부터 커피를 마실 때 같은 향기를 맡는다. 당신도 어디선가 매번 같은 향기의 커피를 마시고 있을 거라는 생각이 든다. 그렇게 깊숙한 너의 품속에서 평온을 느끼며 미소 짓는다.

그래서 커피를 마실 땐 눈을 감고 마신다.
눈을 뜨면 그냥 쓸쓸한 커피일 뿐이니까.

CHAPTER 2

슬픔은 덜어내고, 행복은 더하고

나를 열어준 열쇠

♣

마음의 여유가 생긴 건 당신을 만난 이후의 일이다.

이전엔 나도 모르는 사이에 나를 잃어버리고 살고 있었다. 추억이라 하기엔 검은 펜으로 까맣게 칠해버린 옛 시간들을 안은 채, 아무런 기대도 없이 헛헛한 마음으로 일상을 보냈다.

그런 아무 일 없는 단조로운 일상이었기에 설마 내게 자물통이 있다는 생각은 하지 못했다.

당신과의 만남은 지극히 평범한 지나침이었다. 그러나 그 후에 나는 혼란스러웠다. 콧속에 들어와 사라지지 않고 궁금증을 자아내는 향수의 이름을 생각하고, 몇 초 동안 눈을 마주쳤는지 시계 초침을 계산하면서 내가 입은 옷과 그 사람이 입은 옷의 연관성을 찾으려 인터넷을 뒤지는 의미 없는 시간을 한동안 보내고 있었으니 말이다.

변한 내가 이상하게 보이는 현실이었지만

그 모습이 잊고 있었던 나였다.

나조차 열 수 없었던 내 마음을 열어준 당신이 나의 열쇠였다.

열쇠는 자신이 어떤 자물쇠를 열 수 있는지 모르지만 자물쇠는 자신에게 맞는 열쇠를 한눈에 알아볼 수 있었다. 지금까지 나는 내가 열쇠인 줄 알고 있었다. 또렷하고 선명한 열쇠를 갖고 있는 나인데, 왜 자물쇠들이 도통 풀리지 않았는지 답답했다.

그런데 당신을 알고부터 깨달았다. 나는 열쇠가 아닌 자물쇠였다.

이제야 당신이라는 열쇠가 있다는 걸 알았다. 이젠 나도 당신에게 그런 열쇠가 되어야겠다.

사랑에 방황하는 많은 열쇠는 열쇠들만 만나고 있어서다.

혹은 자물통인데 거울을 한 번도 본적이 없어서 스스로 열쇠라고만 생각하며 살아가는 것일 수도.

변한 내가 이상하게 보이는 현실이었지만
그 모습이 잊고 있었던 나였다.

나조차 열 수 없었던 내 마음을 열어준
당신이 나의 열쇠였다.

새로운
선물

♣

대부분 사랑의 흔적은 지우고 싶은 경우가 많다. 많게든 적게든 토해냈던 울분은 추억하고 싶지 않은 기억일 것이다. 버려야 하는 찌꺼기라 생각되고 새롭게 맞이하는 사랑을 혼탁하게 만드는 방해요소라 생각할 것이다.

시간이 흐른 뒤 생각해보면 그땐 미처 몰랐던 것들의 해답이 자연스레 앞에 놓일 수도 있고, 몰랐던 현명함으로 더 아름다운 꽃을 피워낼 수도 있을 것이다.

> 그렇게 끝이라 생각했던 자리엔
> 새로움이란 선물이 늘 놓여 있다.

끝은 새로운 길의 시작임을 자연스럽게 맞이하고 받아들여야 진정한 행복을 얻을 수 있다. 익숙한 것에 빠져 헤어나오지 못한다면 보이지 않는 창살에 갇히는 것과 같다는 걸 매 순간 기억했음 한다.

낯설고 어색한 그리고 쉽게 길들여질 것 같지 않는 새로움은 또 다른 나의 숙제가 아닌 내게 주어진 선물이고 내가 만들어나갈 수 있는 삶과 인생이다. 두 손을 맞잡고, 서로를 감싸 안아주며 가는 새로운 길은 그 자체로 선물이니 두려워할 필요가 없는 것이다.

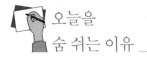

♣

세상 수많은 것을 느끼고
세상 수많은 것을 보아도
결국 원하고 닿는 곳은 사랑과 행복일 것이다.
그래서 힘겨워도 오늘을 숨 쉰다.

미련해서 보이지 않는 길을 가는 것이 아니라
믿음으로 자신의 길을 걷는 것이다.
스스로 만드는 이 길 위에 원하는 것들과 원하는 사람들이 가득했
으면 좋겠다.

♣

운전을 자주하는 편은 아니지만, 꼭 안전속도를 유지한다. 그러면
어김없이 뒤에서 경적을 울리거나 좌우로 앞질러 나와 빠른 속도로
추월한다. 심할 때는 상향등을 깜빡거리는 경우를 몇 번 당해보았
다. 나도 운전대를 처음 잡았을 때는 이제 막 자전거 타는 법을 익힌
아이가 뽐내는 것처럼 속도도 내봤다.

그러나 그것도 잠시, 한 가지를 깨달았다. 운전은 생각보다 위험하
다는 것을 말이다. 모든 사람이 교통법규대로 운전을 하면 아무 일
도 일어나지 않는다. 그렇지 않은 사람들이 더 많기에 해마다 수많
은 교통사고가 발생한다. 그 사건사고에 동참하기가 싫어서 천천히
여유롭게 하는 것도 있고, 다른 이유는 안전속도를 유지해도 원하
는 목적지에 빨리 갈 수 있기 때문이다.

가끔 과속하는 사람들을 지켜보면 항상 패턴이 비슷하다. 신호가
바뀌면 급출발해서 나와 거리가 멀어졌어도 조금 후에 앞에 있는
신호등에서 만난다. 급한 용무가 있는지 급격한 추월을 하고 곡예

209

운전을 해서 빨리 가더라도 보통은 몇십 미터 앞질러갈 뿐이다. 고속도로에서도 아무리 빨리 가봤자 몇 시간을 먼저 가는 경우는 없다.

누구에게나 똑같이 주어지는 24시간 속에서 서두르며 빨리 보낸다면 얻는 것이 더 많을까? 잃는 것이 더 많을까?

아는 지인 중에 정말 열심히 알뜰살뜰, 현명하게 살아가는 분이 계신다. 그분은 단 한 시도 거의 허투루 쓰는 법이 없고, 백 원짜리 하나도 낭비하는 법이 없다. 종종 곁에서 지켜보는 내가 봐도 배울 점이 많다. 그러던 어느 날 그분과 커피 한 잔을 하던 중에 뜻밖의 이야기를 들었다.

"현명하게 시간을 쓰려고 매달, 분기별, 연별로 완벽한 계획을 세워놓으면 이상하게 한 번씩 예상치 못한 일이 터지는 거예요. 그러면 어김없이 큰돈이 나가고 시간까지 낭비하니 조금 허무해지더라고요. 제가 살아가는 방식이 잘못된 건가요? 제 생각과 가치관을 배우려고 하는 사람들도 많은데, 그분들께 잘못된 정보를 제공하면 어쩌죠?"

나는 그 지인분께 옳은지 어떤지 잘 모를 그냥 내 생각을 말씀드렸다.
"선생님의 생각과 생활방식이 잘못됐다고는 절대 생각하지 않아요. 저 또한 삶에서 '시간'이 가장 중요하다 생각하거든요. 그런데 돈을

좀 더 쓰고 낭비하더라도 그 시간이 스트레스가 전혀 없고 좋았다면, 되돌아갈 수 없는 그 시간을 저는 아주 값지게 썼다고 생각해요. 그래서 후회나 미련, 아쉬움이란 단어는 거의 생각이 난 적이 없고 행복한 것 같아요."

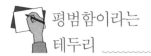

♣

세상이 바뀌고 다양한 직업군이 생기면서 낮과 밤의 경계도 이미
무너진 지 오래다. 그래도 여전히 대다수는 9시 출근, 6시 퇴근의 생
활이 일반적이고 그 외적인 삶은 평범하지 않다는 고정관념이 아직
은 남아 있다.

지옥철을 타며 출퇴근하지 않는 사람들을 바라보는 시선은 결코 따
뜻하지만은 않다. 평범한 것을 안정이라는 테두리로 치부해버리기
때문이다. 하지만 그들 또한 자신의 꿈을 향하여 열심히 나아가는
사람들이다.

외부에서 보기에는 평범하지 않아서, 불안정해 보여서 응원보다는
안타까운 시선과 쓴웃음을 건넬 수밖에 없다.

우리 사회는 나와 다른 생각을 하는 사람을 배타적으로 대한다. 나
와 다른 길을 걸어가는 사람에게 진심으로 응원을 건네지 않는다.
어느 누가 현재의 상황을 역행하려는 자를 붙잡고 아무 말 없이 안

아주고 토닥여줄 수 있겠는가.

하지만 그 어떤 누구라 하더라도 나를 따뜻하게 안아줄 품이
필요해지는 순간이 찾아온다. 만일 내게 그런 순간이 오고, 누
군가 내게 품을 내어주길 원한다면 나부터 선뜻 품을 내어주
고 응원할 수 있는 마음을 가져야 할 것이다.

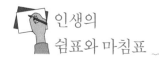

인생의
쉼표와 마침표

♣

사람들은 지금 당장 힘들어도 열심히 살면 나중에 큰 행복이 찾아올 거라 믿는다. 그러나 행복은 수많은 고난의 문장과 함께 찍히는 쉼표나 마침표 같은 것이지 정해져 놓여 있는 것도, 지속적인 것도 아니다. 행복한 사람들은 삶의 이야기에서 쉼표나 마침표가 많은 것이고, 그렇지 못한 사람들은 적을 뿐이다. 누구도 하루 24시간을 한 시도 빼놓지 않고 만족하진 못한다. 고난의 연속인 하루 중에서 얼마만큼 쉼표와 마침표를 찍었느냐가 행복의 척도가 되고 다가올 내일의 희망이 되는 것이다.

지금은 쉼표나 마침표를 찍기보다는 쉼 없이 달려갈 시기라고 말할 수 있다. 지금 열심히 달려야 나중에 쉬어갈 수 있는 여유가 생기는 거라고 말이다. 하지만 알 수 없는 그래프의 곡선처럼 변동이 심한 것이 인생인데 아끼고 모아둔다고, 설령 모인다 한들 나중에 느낄 행복이 지금의 행복과 같을 수 있을까? 그 사소한 것들이 쌓여 흔히 말하는 기억과 추억이 되는 것이다. 이것들을 모두 흘려보낼 것인가? 쉼표나 마침표가 없다면 어두운 이야기가 끊임없이 반복되는 지루한 삶이 될 수도 있다.

지금 작게 피어 있는 꽃을
보고, 만지고, 느낄 수 있는 이 순간이 가장 소중하다.
마음을 비우고, 기대와 바람을 줄이고,
내게 주어진 소중한 것을 돌보며,
순간의 열정을 불태웠을 때 피어오르는 불꽃이 진정 행복일
것이다.

슬픔은 덜어내고,
행복은 더하고

♣

우리는 누군가가 사회적으로나 경제적으로 잘되었을 때 부러워한
다. 그 부러움에 불공평한 세상을 탓하는 마음은 또 한 뼘 늘어난다.
누군가가 무언가를 이루었을 때 그것을 이루기 위한 과정을 애초부
터 알고 싶어 하는 사람은 많지 않다. 좋아 보이는 결과를 먼저 봤으
니 설령 안 좋은 것들이 자신의 삶을 피폐하게 만들지라도 해피엔
딩이라면 상관없다. 좋은 것들 안에서 행복이 싹튼다는 당연한 믿
음으로 대부분의 사람들은 자신만의 길이 아닌 좋아 보이는 것들에
삶을 밀어 넣는다.

20대에는 충분히 그럴 수 있고 그래야만 한다. 더해서 불나방이 불
에 뛰어들 듯 경쟁이 치열한 곳에서 상처와 고통을 최대한 맛봐야
한다. 그러나 그 이후의 삶에서도 대부분의 사람들은 자신의 생각
이나 소신은 일단 옆으로 밀어두고 좋아 보이는 것들에 몸과 마음
이 동한다.

좋게 말하면 용기이자 모험이다. 우리가 보는 세상 모든 것의 결과는 아름다운 것이 사실이고 당연하다. 좋은 것들을 동경하고 쫓는 행위는 당연한 본능이겠지만 그 당연한 본능으로 삶의 많은 부분과 가장 중요한 시간을 낭비하고 있다. 부실공사여도 상관없으니 인테리어는 아주 화려하게 해야 한다는 생각과도 같다.

그렇게 대부분은 가질 수 없는 것을 쫓느라 평생을 헤맨다. 또한 얻는 게 있으면 당연히 잃는 것도 있기 마련인데, 한 번 얻은 것은 절대 놓지 않으려는 욕심으로 삶의 방향을 잃는다.

모든 결과는 헤아릴 수 없는 인고로 이루어져 있다. 누군가는 당신이 얻고 싶어 하는 여러 가지 중 단 하나를 얻기 위해 삶을 걸었을 수도 있다. 나는 어떠한가? 그 결과를 노력이 아닌 행운의 덕택이라고 여기고 부러워하지는 않았나? 그 한 가지를 위해 누군가는 많은 것을 포기하고 달려갔다는 사실을 기억해야 한다.

평온은
가벼운 것

♣

어느 날 길가에서 지나가는 사람과 부딪혀 휴대폰을 떨어뜨렸다.
바닥에 떨어진 휴대폰을 보며 내가 멍하니 서 있자, 그 사람은 아무
렇지 않게 휴대폰을 주워서 내 손에 쥐어주고 그냥 가버렸다. "죄송
합니다. 미안합니다" 같은 사과의 말도 없었다. 이상하고 희한하게
화는 나지 않았다. 휴대폰을 이리저리 눌러보니 망가진 것 없이 멀
쩡했다.

내가 이상하다고 생각한 것은 나 자신이었다. 원래 나는 이런 사람
이 아니었다. 억울한 것은 참을 수가 없으며 정신적이든 물질적이
든 배상을 받아야 옳다고 생각하는 사람이었다.

어느 순간부터 마음이 변하기 시작했지만, 그래도 불합리하거나 억
울한 것에 있어선 목소리를 높이는 것이 당연하다는 생각은 여전하
다. 그런데 예전보다 목소리를 높이거나 화를 내는 일이 줄어든 것
을 보니 확실히 마음이 평온해졌다는 생각이 들었다. 감정이 요동

치는 주기가 현저히 느슨해진 것이다. 만약에 휴대폰이 망가졌다면 상황이 조금 달라졌을 수도 있었겠지만 그리 심각한 문제는 없었다. 하루의 일과가 다 끝나고 푹신한 소파에 기대어 앉아 내게 찾아온 평온에 대해 생각해보았다.

평온을 원하지 않는 사람은 없을 것이다. 삶이, 현실이, 따라주지 않을 뿐이지 대부분은 평온을 원한다. 단, 조건이 필요할 것이다. 근심과 걱정이 없고, 경제적인 풍요와 건강이 따르며, 내가 중심이 되는 인간관계가 형성이 된다면 평온할 것이다. 아쉽게도 나는 이런 것들이 하나도 없다. 그런데 평온해진 것 같았다. 오히려 많은 것이 주어진다면 평온하기 더 어렵지 않을까. 평온하기 위해서 필요한 것들을 유지해야 하므로 여유가 없는 것이다.

"얻고 싶은 게 있으면 버리라"는 말도 있듯이 평온도 마찬가지 아닐까. 쓸데없이 마음속에 쌓여 있는 자잘한 것들을 버려야 하는데 그것이 안 되니까 평온할 수도 없다. 미련과 아쉬움은 무기력만 더할 뿐이지 절대 날개를 달아줄 수는 없다. 평생 쓰레기 산을 짊어지고 살 수밖에 없는 것이다.

평온은 가벼운 것이다. 정신과 마음에 그리고 인생과 삶을 최대한 담백하게 받아들이고 펼쳐놓을 수 있을 때야말로 자연스럽게 입가에 떠오르는 가벼운 미소 같은 것이다.

어쩌면 나도 모르는 사이에 답답하고 무거웠던 것들이 마음 한쪽에서 조금씩 씻겨 내려가고 있었나 보다. 빠져나가는 것들에 불안해하며 채워 넣으려 애썼던 마음을 어느 정도 놓아준 것 같다. 그러자 높은 하늘만 바라던 마음도 넓은 대지를 향하는 것 같았다. 그렇게 가벼운 평온의 느낌이 어느 순간부터 부드럽게 피부를 스쳤고 묵직하게 마음속에 가득 채워지기 시작한 것이다.

평온은 가벼운 것이다.
빠져나가는 것들에 불안해하며 채워 넣으려 애썼던 마음을 놓아주면
높은 하늘만을 바라보던 마음도 넓은 대지를 향한다.
그렇게 가벼운 평온이 묵직하게 마음속에 가득 채워진다.

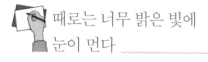 때로는 너무 밝은 빛에
눈이 먼다 _____

♣

사람의 욕심은 아주 자연스러운 것이다. 욕심으로 인해 세상이 발전하고 우리의 삶도 윤택해졌으니 말이다. 그러나 '더 나은 것'이란 욕심과는 조금 다른 문제인 것 같다.

'나은 것'을 추구해서 발전과 성장을 이뤘지만, '더 나은 것'을 추구함으로 별문제 없고 괜찮은 현재의 상황을 저버리려 하는 안타까운 행위를 하고 있으니 말이다. 그리고 그것으로 인해 배를 불리는 일부는 다수의 행복을 위함이라는 자기 합리화에 빠지기도 한다. 아마도 늘 더 나은 것을 찾는 사람들은 너무 밝은 빛이 눈을 멀게 할 수 있다는 사실을 망각하고 있는지도 모르겠다. 더 좋은 것, 더 나은 것, 더 행복한 것만 찾다가 그것의 함정에 빠질 수도 있는 것이다.

♣

나는 지구력이 약한 편이고 실제로 어렸을 때도 부족하다는 소리를 많이 들었다. 흔히 '엉덩이에 불난 아이'라는 수식어를 달고 살 만큼 주위가 산만하고 가만히 있질 못하는 성격이었다.

그런데 그 습성과 성격이 바뀌었다. 그렇다고 해서 사람의 본질이 바뀌는 건 아니지만 인간은 진화하고 발전하려는 동물이기에 삶의 시행착오를 통해 좋은 방향으로 변했다는 사실만은 분명한 것 같다. 마음과 성격이 차분하게 변하니까 그렇게 갖고 싶던 성질인 '꾸준함'을 어느 정도 갖게 되었다.

사람은 원하지 않은 삶과 환경에서는 누구도 변화무쌍한 생각과 마음을 거부할 수 없다. 그러나 원하는 것들 안에서도 자신을 다잡지 못하고 컨트롤이 되지 않으면 정말 답답하고 미칠 노릇일 것이다. 무언가를 한 달, 두 달… 1년, 2년 지속하는 것이 뜻대로 되지 않을 때는, 수박 겉핥기 수준에 그친 모든 것들에 대한 아쉬움이 든다. 시간이 지나면 누구에게나 찾아오는 자연스러운 감정 같다. 그래서 꾸준함으로 무언가를 이룬다면 더욱 뿌듯한 것 같다.

꾸준함을 갖게 된 후에 느낀 것이 있다. 비우고, 버리고, 차분해지니까 자연스럽게 흡수된 것 같았다. 혈기왕성했던 20대 때에는 보편적으로 가질 수 없는 것이었나 보다. 그래서 그랬나 보다.

꿈 많은 청춘이라 팔랑거리는 귀는 당연한 것이었고 부족한 경험은 글자로 익히는 것보다 직접 몸을 불살라서 뼈가 되고 살이 되는 경험으로 채워야 한다는 강한 믿음이 있었다. 끈기와는 거리가 멀었다. 이것저것 남들이 하는 건 모두 해보려 했고, 여러 경험을 쌓으면 좋겠거니 여겼던 나이였다.

하지만 돌아보니 무엇 하나 진득하니 쌓아놓은 게 없는 것이다. 이

제라도 무언가를 꾸준히 할 수 있는 지구력이 생겨서 다행이다. 꾸준함을 무기로 글을 쓰고 경험을 쌓아간다.

행여나 스스로의 모습에 만족하지 않는다 하여 자신을 억지로 변화시킬 필요는 없다. 만족스럽지 못한 현실과 자신을 단기간에 바꾸거나 변화시키려는 것은 너무나 큰 욕심이다.

알다시피 욕심은 반드시 화를 불러온다. 조금은 침착하고, 조금은 차분한 마음으로 원하는 것들에 '꾸준함'이란 작은 습관을 붙여준다면 머지않아 삶 가운데 강하고 화려한 빛이 비춰올 것임을 믿어 의심치 않는다. 기다렸던 것이 이제라도 와주어서 감사하다. 비우고, 버리고, 차분해지면 기다리는 모든 이에게 다가올 것이다.

♣

가끔 TV에서 연예인들이 말한다.

"저만 아는 맛집이라서 방송 타면 사람들이 몰릴까봐 걱정이에요."

그러면 사람들은 더욱 호기심과 궁금증이 유발되어 설령 방송에 나오지 않았다고 해도 어떻게든 찾아내서 각종 플랫폼에 정보를 올리곤 한다. 유명 연예인뿐만이 아닐 것이다. 우리도 숨은 맛집을 찾으면 다른 사람은 몰랐으면 좋겠다는 생각을 한다. 나만의 아지트이길 바라는 마음일 것이다. 그러나 손님이 뜸했던 곳도 일단 입소문이 나면 하루아침에 사람들이 붐비고 운영하시는 사장님은 즐거움과 고통의 비명을 동시에 지른다.

지금 내 옆에 있는 다정한 그 사람도 원래부터 나만의 '맛집' 같은 사람은 아니었을 것이다. 나만의 사람이 되기 위해 오랜 시간의 무관심을 견뎠을 수도 있고, 오랜 시간의 영양가 없는 관심 속에서 나를 기다렸을 것이다. 그리고 이젠 나만의 사람이 되길 원하는 마음에 온갖 정성을 들인다. 따뜻한 태양보단 자신이 만든 온실이 더 따뜻하다는 안락함을 어필하려 애쓰고 자신의 품이 더 포근하다는 믿음을 준다. 그 간절함은 장사가 안되어도 좋으니 당신은 나만의 맛집이길 바라는 마음이다.

> 내 눈에만 보이는, 내 입에만 맛있는 것이라면 장사가 안 되는 허름한 가게일지라도 분명한 맛집이다. 그런 나만의 맛집 같은 사람과 사랑을 발견하고, 변함없이 간직하고 유지하는 일이 중요하다.

추억보단
오늘

♣

아름답게 포장된 수많은 추억 속에는 그냥 계속 그렇게 머물길 바라는 추억이 있다. 또 지워지길 바라는 추억도 많다. 원치 않는 기억도 찰나이고 좋은 것들도 흐르는 시간 속에선 찰나이다. 그 잠깐의 섬광이 오랜 시간 동안 누군가의 가슴에 그리고 그가 걸어온 길에 짙게 새겨진다. 그것이 소중한 것이든 지워지길 바라는 것이든. 아픈 추억일지라도 마음에 묻고 눈부신 아침 햇살을 소중하게 맞이하는 이들도 많다. 행복이든 슬픔이든 그 시간 안에 갇혀 살지 말자. 눈부신 태양은 내일도 어김없이 떠오르겠지만 그 햇살을 오롯이 맞이하는 마음은 스스로 가져야 한다.

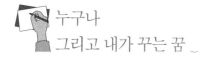

누구나
그리고 내가 꾸는 꿈

♣

삶이 그래요.

먹고사는 게 가장 먼저라서, 가장 중요한 일이라서 당신의 모든 행위는 제재를 받을 거예요. 그 제재들은 멀리 있는 사람보다는 가까이 있는 사람들에게서 받을 경우가 많아요. 원치 않는 충고와 듣기 싫은 말을 들었다고 그들을 멀리할 순 없고 해서도 안 돼요. 그들에게 큰 잘못을 한 적도 없는데 마음은 항상 미안하고, 불안하고, 죄송하고 그래요. 당신을 위해 걱정해주는 마음은 주어진 삶에 순종하라는 당연한 말만 할 뿐이에요. 그렇다고 당신의 깊고 큰 생각을 다 보여줄 수도 없어요. 그저 당신은 침묵을 지키며 묵묵히 가고자 하는 길을 걸으면 돼요.

그런데 그거 아세요? 그런 말을 해주는 사람들도 현실이 불안하기는 마찬가지예요. 지금보다 나은 삶을 살으라며 당신이 원치 않는

삶을 강요할 거예요. 당신의 의지가 흔들리지 않을 만큼 충만하면
무엇을 하든 반드시 그들보다 더 나은 삶을 살 수 있어요.

누구나 꿈을 꾸지만 내 꿈과 같을 순 없어요. 저마다 꿈을 꾸면
서 그 꿈을 향해 나아간다고 해도 결국은 굶어 죽지 않는 삶을
위한 것이고, 남들보다 조금 더 잘 먹고 조금 더 편안한 환경에
서 살기 위한 길을 찾아 걷는 것뿐이에요.
꿈을 갖고 있는 당신이라면,
그 꿈이 당신에게 소중하다면 절대 포기하지마세요.

누구나 다 어떻게든 살아가요. 그 누구나에 속해서 누구나 하는 걱
정을 하는, 어쩔 수 없는 삶을 산다 해도 절대 자신을 잃지 말아요.
그 무엇보다 당신이 가장 소중하니까요.

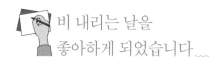 비 내리는 날을
좋아하게 되었습니다

♣

오랜 시간, 비 오는 게 싫었습니다
바쁜 하루인데 세상이 젖어 있으면 나까지 젖어버리는 것 같으니까요
더욱이 세상을 씻겨준다는 비 오는 날의 끝자락은
온통 건물과 차들에 남은 땟자국뿐이었습니다

어느 날부터, 비 내리는 날을 좋아하게 되었습니다
맑은 물방울 소리를 내며
떨어지는 빗방울 하나하나를 눈에 담는 동안
잊고 있었던 좋은 추억들이 떠올라 어느새 입꼬리가 올라갔습니다

　　내리는 비가 전부 그런 느낌일 수는 없겠지만
　　좋아하는 어느 계절 그 순간에 내리는 비가 당신에게 그런 느
　　낌이길 바랍니다

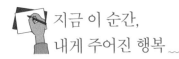

지금 이 순간,
내게 주어진 행복

슬픔은 덜어내고,
행복은 더하고

♣

행복의 반대편에서 불행을 맞이하고, 불행의 반대편에서 행복을 맞
이하는 현실은 생각보다 흔하다. 그러나 누군가의 행복을 위해 불
행이 피어나거나 누군가의 불행으로 행복이 주어지는 것은 아니다.

소중한 것은 가까이 있을수록 소중함을 잊는다고 한다.
그렇게 우리는 삶에서 소중한 것을 잃어버리기도 한다.
내게 당연한 듯 주어졌던 것들이 사라지고 난 뒤에야 후회를 한다…

인생은 그렇게 머리로는 알면서도 후회를 거듭하는,
하염없이 걸어도 같은 자리를 반복하는 뫼비우스의 띠를 걷는 느낌
이다.

지금 이 순간에 행복이 주어진다면 맘껏 품어야 한다.
이 순간에 주어진 행복은 어느 순간에 다가올 불행과 공존하기 때문이다.
불행이 될 어느 순간도 또 다른 순간의 행복을 기다리는 찰나이기 때문이다.

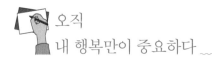

오직
내 행복만이 중요하다

♣

행복해지기 위해 열심히 살았고, 원하는 행복을 얻었음에 기쁨을
감출 수 없지만 둘러보면 함께 할 이가 없을 때가 있다.

분명 그들과 함께 나누고 싶었는데, 내 행복을 말하기 쉽지 않다.
그들이 원하는 길이 아니기 때문에 왠지 죄송스러운 마음이다.

> 행복과 불행은 늘 붙어 있다는 생각이 든다.
> 그래서 다가온 행복에 뛸 듯이 기뻐하기보다는
> 그저 음미한다.

> 그 행복의 이면에 놓여 있을 불행이
> 너무나도 가혹하고 고통스러울 수 있기 때문이다.

원하는 행복을 위해 지금도 열심히 정진하고 있을 이들이 진정 행복했으면 한다.
남들을 만족시키는 행복보다 오로지 나를 위한 행복이 중요하다는 사실을 잊지 않기를 바란다.

한없이 기쁜 미소를 날리고 싶은데 그러지 못한다면, 기쁨 뒤에 늘 목에 걸린 가시처럼 걸려 있던 것들을 잊어버리고 자유의 날개를 달고 훨훨 날아가길 바란다.

CHAPTER 3

그 끝은 언제나 사랑

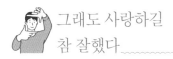
다시는 사랑 같은 건 안 해, 라는 수많은 이의 말 뒤에 여전히 사랑은 숨 쉰다.

사랑이 지나간 자리는 오랫동안 비가 내리지 않아 갈라진 땅처럼 무척이나 메말라 있지만 시간이 흐르면 또다시 두렵고 불안한 사랑의 시작으로 이끌어 아름답고 달콤한 현실의 울타리 안으로 밀어넣어준다. 숨도 못 쉬고 허우적대는 고통이지만 왜 사랑의 고통은 달콤한 것일까. 달콤한 사탕 속에 쓸쓸한 다른 것들이 채워져 있다고 해도 이미 멈출 수 없는 것이다. 그러면서 준비를 할 것이다. 입 안에 느껴질 쓸쓸함을 덜어낼 방법을, 덜 상처받을 방법을.
수많은 걱정과 두려움 속에서 사랑을 망설이는 이들은 오늘의 따사로운 햇살보단 내일의 우울해질 그림자를 먼저 떠올리기에 그 어떤 맑고 밝은 미소도 내 것이라 생각지 않는다.

한 번도 온기를 가져본 적 없는 사람은 알 수 없는 두려움을 밀쳐내려 하고

한 번이라도 온기를 가져본 사람은 알 수 없는 따뜻함을 언제든 기다린다.

한 번도 온기를 가져본 적이 없는 사람은 숨 쉬는 것조차 두려워하지만

미세하지만 온기를 가져본 자들만이 따뜻함을 그리워하는 특권을 얻는다.

그러니 사랑하길 참 잘 했다.

특별한 감정
특별한 관계

세상엔 수많은 사랑이 있지만 정작 필요할 땐 내 곁에만 없는 것 같다. 큰 욕심을 바라는 것도 아닌 흔하디 흔한 사랑을 원해도 도통 내겐 오랫동안 다가와주지 않는 경우도 많다. 그렇게 지내다 보면 또 우연찮게 사랑은 찾아온다. 그리고 꿈결처럼 사라진다. 나는 여전히 뜨거운 한여름의 햇볕 같은데, 그 감정과 느낌은 나만의 것이었던가? 돌아보니 추운 겨울이다.

> 특별한 감정을 갖긴 했어도
> 특별한 관계는 되지 못했다.

어쩌면 너무나 당연한 일이어서 다시 혼자인 일상이 아무렇지 않았을 수도 있다. 평범한 내 안에서 특별함이란 가질 수 없는 것이었고 특별한 인연도 순간의 꿈이었나 보다. 그러나 나는 언제나 내게 와줬던 특별한 사랑을 어제도, 오늘도 그리워하며 기다릴 듯하다.

다가올 내일의 사랑은 특별한 사랑의 이름으로 다가와주었으면 한다. 그러면 반짝이는 사랑을 두 번 다시는 놓치지 않을 것이다. 누군가에겐 평범한 사랑이 또 다른 누군가에겐 세상 가장 빛나는 사랑으로 스며들길 바라니까.

사랑이 떠나가고
작은 향기조차 담기지 않은 빈 유리병이 되어 바다를 떠다녔다.

그토록 원하던 사랑은 내 것으로 가질 수 없었고,
뜻밖의 사랑이 내 것이라 느끼던 순간은 어쩌면 목마름에 한 착각
이었을지도 모른다.

그저 모든 기억이 흐릿해질 때까지
숨 쉬듯 눈물을 흘렸을 뿐이다.

흘린 눈물은 아주 오랜 시간이 지났어도 마르지 않고 파도소리처럼
귓가에 남아 있다.

 마음의
선물

•

어릴 적 선물은 단순히 기쁘고 즐거운 것이었다. 좀 더 삶을 살아보
니 선물은 마음이란 걸 깨달았다. 그 마음은 작은 물건에 받는 사람
을 위한 따뜻한 생각과 귀하고 소중한 시간이 오롯이 녹아 있는 것
이다.

주고 싶지만 방법을 모르는 마음,
받고 싶지만 형태를 모르는 마음,
알고 싶지만 느낄 수 없는 마음을.
큰 기적을 만들 수 있는 마음이 가득한 선물을 주고받았으면
한다.

●

절망은 고통을 가져다주며 나락으로 떨어뜨린다. 끝이 없는 고통 속에서 머릿속엔 한 가지의 결정만 몇 날 며칠 맴돌았지만 그럴수록 주위에 안 보이던 새싹들이 피어오르고 빛을 잃었던 여러 가지 꽃들의 선명한 색깔이 눈에 들어와 마음을 차분하고 고요하게 만든다.

희망의 빛은 위태로울 때만 나타나는 것이 아니다. 잊고 있었던 것이지 원래부터 없었던 게 아니다. 제발 안 보이는 것을 없다고 여기며 스스로의 영혼을 차가운 어둠 속에 들이밀지 않았으면 한다. 지금의 고통보다 더한 억울함은 나란 존재가 있었는지조차 세상이 모르는 것이다. 남아 있는 자는 언젠가는 웃고 살지만 떠나버린 자는 어디에서든 슬픈 눈물뿐이다.

모두 함께 웃고 즐거웠던 때를 왜 부정하며 저버리는지, 전에는 떨듯이 기뻐했던 일들이 아무런 의미가 없다든지, 동떨어진 자신의 모습이 아무렇지 않은데도 온갖 오물이 묻은 것처럼 느껴져 피하고 싶은 것인지 혼자만의 공간 안에서 골몰하지 않았으면 한다. 사방이 고요한 어두운 거울 속에는 온전한 자신의 모습보단 약간은 일그러지고 어긋난, 누구도 알지 못하는 슬픈 모습이 비춰지기 때문이다.

생각해보라. 내 삶에 녹아 있는 행복은 아무런 의미 없이 바람 부는 대로 떠도는 것이었나? 깊이 숨을 쉬어보자. 깊이, 깊이 좀 더 깊이. 하루, 이틀, 일주일, 한 달 혹은 몇 달 동안 차분하게 숨을 들이켜고 또 들이켜며 생각했으면 한다. 당신을 어루만져주던 많은 이의 손끝을.

웃기지마,
얼마면 돼?

●

한때 밥 잘 사주는 사람이 좋았다. 일반적으로 밥 잘 사주는 사람을 싫어하는 사람도 없고 싫어할 이유도 없을 것이다. 대부분 어릴 땐 무조건 나보다 나이가 많거나 사회적으로 월등한 사람들이 밥을 샀다. 그래서인지 이제는 내가 밥을 사줘야 된다는 압박감이 든다.

그러나 돌이켜보면 사주겠다는 밥을 전부 얻어먹지는 않았던 것 같다. 이유 없고 조건 없는 베풂이었는데도 왠지 약간은 부담이 되고 나도 뭔가 해야 될 것만 같은 생각에 점점 불편해졌다. 오히려 밥은 내가 살 테니까 내가 원하는 시간대에, 내가 가고 싶은 곳에서, 내가 먹고 싶은 것을 먹는 게 편했다.

물론 돈을 지불한다고 해서 내 맘대로 해도 된다는 건 아니지만, 얻어먹을 때는 사주는 것만으로도 감사하다는 생각이 들어 토를 달지 않고 조용히 먹기만 했는데 사는 입장이면 그나마 선택권이 주어진다는 생각이 들어서다. 조금은 소극적이던 언행을 능동적으로 바꿔보자는 내 안의 작은 움직임인 것 같았다.

뭔가 수동적인 상황에서 벗어나 능동적으로 행동하고 싶을 때 내 뜻과 생각 그리고 마음을 조금이라도 표현하고 싶어서 감명 깊게 봤던 어느 드라마의 대사를 속으로 읊조리곤 한다.

"웃기지마, 밥은 내가 사! 얼마면 돼!"

 같은 모습의 기쁨과
다른 모습의 슬픔

●

슬픔을 아는 사람은 그만큼의 기쁨과 행복도 느낄 수 있다. 기쁨과
행복을 느낄 때 슬픔과 고통을 떠올리지는 않아도 세상 영원한 건
그 어디에도 없다는 생각과 마음은 부정할 수 없다.

혼자의 여러 행복도 많겠지만 큰 행복은 함께이기 때문에 오는 경
우가 많다. 원하는 함께는 세상 무엇과도 바꿀 수 없는 너무나도 소
중한 것임을 알기에 영원하기를 꿈꾼다. '함께'인 행복이기에 '따로'
는 슬픔일 것이다. 행복이 아니어서 불행은 아니겠지만 행복이 아
닌 것은 결코 아름다울 수가 없기 때문에 지녔던 선명하던 색감들
은 전부 빛을 바랬을 것이다. 머물었던 아름다움이 지고나면 끝이
보이지 않는 슬픔이 깃들 것이다.

알 수 없는 기나긴 시간의 무기력한 모습이 얼마나 쓸데없는 낭비
인지는 중요하지가 않다. 빈틈없이 채워져 있던 안락하고 포근함들

이 순식간에 사라지는 것보다 더 고통스러운 일은 채워져 있던 것들이 줄어들지는 않고 수많은 공간에 구멍이 난 듯 마음과 영혼이 허해진다는 것이다. 시간이 흐를수록 치즈 덩어리 속의 공간처럼 숙성되어서 맛이 깊어지는 것도 아니고, 수세미에 난 구멍처럼 물이 잘 빠져서 항상 잘 마른 새것 같은 그런 좋은 것들의 느낌은 더욱 아닐 것이다.

멈추지 않는 시간 속에서 변하는 것은 피폐하고 초라해지는 스스로의 모습뿐이다. 떠난 타인이나 떠나보낸 타인은 어떠한 공간과 시간 속에서 어떤 모습과 감정으로 살아가는지 알 수는 없다. 분명한 건 기쁨과 행복을 함께했었고 원치 않은 고통의 시간을 각자의 공간에서 보내고 있으니 또다시 찾아올 행복의 시간도 기쁘게 맞이하길 바랄 뿐이다.

나의 기쁨에 당신도 기쁨일 것이고
나의 슬픔에 당신도 슬픔일 것이다.

함께였기에 기쁨의 모습과 양은 비슷했겠지만 따로이기에 슬픔의
모습과 양은 다를 것이다. 각자의 공간에서 따로 흘러가지만 삶의
순간순간마다 느낄 수 있다. 이곳을 스쳐갔던 당신의 기운을, 이 시
간을 미소 띠우며 보냈을 당신의 눈동자를.

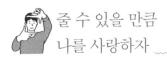 줄 수 있을 만큼
나를 사랑하자

●

삶의 목표를 사람에게서 찾는 것만큼 어리석은 일은 없다. 그것은
마치 "난 글렀으니 너라도 꼭 해줘"라는 자포자기와도 같은 것이다.
내 삶과 인생은 그 누구의 것도 아닌 내 것인데 말이다.

특히 가족 사이에서 이와 같은 마음으로 기대를 거는 일이 많다. 서
로가 서로에게 갖는 무언의 기대는 점점 실타래처럼 엉켜 결국엔
불행을 가져다줄 수도 있다. 이러한 마음은 자기 자신을 먼저 소중
하게 생각지 않거나 여러 사람의 관계 속에서 자신을 점점 잃어버
릴 때 나타날 수 있다.

너무 자신만을 생각해서 타인을 무시하는 이기적인 마음은 있어선 안 되지만, 자신이 있어야 타인도 있다는 스스로에 대한 최소한의 자기애를 늘 잊지 말고 지녀야 할 것이다.

그래야 원하는 사랑과 행복을 주고 싶은 사람들에게 오래오래 충분히 나눠줄 수 있다.

겨울이 추운 이유

●

겨울은 원래 추운 계절이 아니다. 추워질수록 따뜻한 것들이 늘어나기에 어쩌면 겨울은 생각보다 그리 춥지는 않다. 추운 계절을 잘 버틸 수 있게 하나둘씩 옆자리에 필요한 것들을 마련한다. 그중 1순위는 당신이지만 가장 마지막까지 보류해둔다.

차가운 바람도, 두툼하게 뭉쳐 떨어지는 눈송이도 모두 살을 에는 것 같다. 겨울이 추운 이유는 날씨 탓이 아닌, 누군가의 탓이다. 추운 겨울이 두려운 이유는 섞일 수 없는 누군가 때문이다. 원한다고 해서 따뜻한 겨울을 맞이하고, 시원한 여름을 맞이할 수 있다면 그보다 더한 행복은 없을 것이다. 불변의 날씨를 그대로 맞이하고 받아들이는 것 또한 불변의 세상 이치겠지만 보이지도 않는 마음이 큰 힘을 가져다주어 계절에 상관없는 따스함을 느낄 수 있다면, 그건 당신이 내 옆에 있기 때문이다.

겨울이 추운 이유는
원하는 당신이 곁에 없기에 춥게 느껴지는 것뿐이다.
따뜻한 봄바람도,
차가운 겨울바람도 모두 너였듯이
원치 않은 계절에 원하는 네가 다가와주길
늘 마음속으로 기다리고 있다.

●

아니라고 부정하는 사람들도 많겠지만 나는 그렇다고 생각한다.
사람들은 표현하지 않더라도 어떠한 형태로든 자신과 비슷한 사람
들을 만나고 관계를 맺는다.

공적으로 맺어진 관계도 시간이 지나면 사적인 인간관계가 섞인다.
공적으로 친하게 된 사람들을 사적으로 만나도 희한하게 말이 잘
통하고 생각하는 것이 크게 어긋나지 않는 경우가 많다.

사적인 관계는 두말할 것 없이 더더욱 그렇다. 동성이든 이성이든
사람에게 끌리는 이유는 단순히 외모가 잘났거나 사회적으로 혹은
물질적으로 뛰어나서가 아니다. 그냥 그 사람이라서 내가 원하고
끌리는 것이다.
사람들은 자신이 원하는 행복을 위해서 자신만의 모양과 색깔, 틀
을 만든다. 그리고 그 안에 들어올 수 있는 타인은 자신이 정하는 것

이다. 누군가는 그 틀 속에 들어가고 싶어서 갖은 수단과 방법을 동원한다. 하지만 인연이 아니라면 행여나 잠시 들어가볼 수 있다 해도 오랜 시간 머물 수도 없고 쉽사리 흐릿해져 사라져버릴 것이다.

그러니 애쓰지 않았으면 좋겠다.
순수하게 자연스럽게 그리고
담담하게 흐르다 보면 만나게 되고 함께 한다.

그저 멀리서 바라보다 보면 자연스럽게 들어온다. 빠르게 스쳤다면 아쉬움이 가득하겠지만 평생 지워지지 않을 소중한 찰나로 간직할 수 있다. 긴 인연이었다면 그 여운을 더욱 깊게 느낄 수 있다.

그렇게 내 삶의 남은 시간들은 차분하고 안락하게 그리고 평화롭게 흐를 것이다.

그래서 애쓰지 않는다.

어차피 당신의 삶에 나도 새겨질 것이니까.

●

쉽게, 가볍게, 흔하게, 어렵지 않게, 부담 없이 혹은 진심으로 걱정
돼서 하는 위로의 말이 있다.

> "이해한다, 이해해."
> "그 마음 알아."

그러나 이 말 때문에 더 큰 트러블이 생기는 경우를 정말 많이 보았
다. 진심으로 건넨 위로가 날카로운 가시와 활활 타오르는 불꽃을
품은 채 부메랑처럼 돌아온다면 견디기 힘들다.
정말 답 없는 세상살이에서 알 수 없는 사람들의 마음을 나누려고
많은 소통과 교류를 주고받는다. 하지만 왜 뜻하지 않은 상황으로
원치 않은 관계를 가져야만 하는지 답답함을 넘어서 안타깝고 쓸쓸
한 현실이다.
오해는 왜 사랑하는 사이의 틈에 파고들어 조심스럽게 쌓아놓은 소

중한 것들을 순식간에 허물어버릴까? 힘든 삶에서 서로가 서로에게 위로가 되려고 하는 행위들이 왜 더욱 힘든 삶으로 자신을 괴롭힐까?

타인과 나의 다름을 깊이 인정한다 해도 그 이해의 정도는 서로 같을 수 없다. 위태로운 부정을 품고 있는 마음의 끝자락에서는 반짝이는 빛도, 다정히 내밀고 있는 천사의 손길도 거부하게 된다. 새살이 나지 않은 피부에는 그 무엇이 닿아도 아프기 때문이다. 뾰족뾰족한 고슴도치처럼 가시를 무장하고 자신만의 슬픔에 갇혀 하염없이 눈물 흘리고 있는 것이다.

그래도 이해하고 싶다. 사랑하는 사람의 모든 것을, 사랑하고픈 사람의 모든 것을. 사람을 이해하는 방법에는 여러 가지가 있겠지만 때로는 어렵게 흐르는 그 시간을 그저 가만히 지켜봐주며 옆에 있어주겠다는 진심이 제일이다.

의미를
더하다

●

갑자기 시계를 보았을 때 1시 11분, 2시 22분, 12시 12분 등과 같은 숫자의 나열이나 자신의 생일과 같은 의미 있는 숫자가 눈에 들어올 때가 있다. 혹은 기억하고 싶지 않은 장소와 그날, 그 시간이 하필 나타나는 현상도 흔하게 일어난다. 모든 것이 운명이라면 이 또한 무슨 장난일까 싶은 순간들이다.

시간뿐만 아니라 새로운 일을 하거나 처음 본 사람이 결코 낯설지가 않을 때 그리고 그 순간의 시작이 어쩌면 나를 기다리고 있었다는 느낌이 들 때 '운명'이라고 명명한다. 그렇게 혼자만의 징크스 같은 숫자의 나열에 빠지면 일상의 사소한 것들조차 느낌이 다르다.

겨울은 12월 12일과 1월 11일에 가장 추웠고, 봄은 3월 3일과 4월 4일에 가장 따뜻했으며, 여름은 7월 7일과 8월 8일에 가장 더웠다.

자신만의 의미는 객관적인 해석이나 설명으로 표현할 수 없는 것이다. 그런 의미가 삶 속에 스며들면 현실과의 괴리감에 때론 거부하려 애쓰지만 순간의 몸부림이 끝나면 운명의 안락의자에 앉은 것처럼 몸과 마음이 평온해지곤 한다. 그리고 감사함을 느낀다. 시작과 끝 모두를 좋고 나쁨으로 구분 짓지 않으며 자신에게 주어진 감사한 순간만을 눈을 감고 음미한다. 좋은 순간들은 최대한 길게 늘어뜨려 지속되길 바라는 마음으로 영원을 꿈꾸고, 지워버리고 싶은 순간은 최대한 짧게 자르고 싶다.

좋은 의미가 담긴 숫자들을 더 많이 기억하고 그 숫자들과 마주할 때면 감사하고 싶다. 그리고 언젠가는 표현하지 못했던 마음을, 사랑을 말하고 싶다. 고맙고 감사하다고.

 왜
라는 질문

자신에게 의문을 갖는다는 것은 나아가고 싶다는 의지이다. 그러나
이 의문의 시간을 정체라고 생각하는 사람들이 많다. 끊임없이 나
아가고 발전해야 한다는 강박관념과도 같은 인식이 작은 의문조차
허락하지 않는 것이다. 가득 찬 열정으로 목표만을 향해 달려왔기
때문에, 그게 맞는 거라고 배웠기 때문에 그렇다.

하지만 인생에는 알고 싶지 않은 단어들이 가끔씩 주어진다. '후회',
'아쉬움', '미련', '그때'라는 기억과 추억이 뒤섞인 단어들이다. 아름
답고 행복했던 길 위에 자신 스스로의 모습이 얼마나 녹아 있었는
지는 결코 그 시간대엔 알 수 없고 지난 뒤에야 알 수 있다.

어느 날 '왜'라는 의문이 삶 속에 깊이 스며든다면 육체적, 정신적,
마음적으로 여러 가지 색깔의 행복을 맛볼 기회다. 오롯이 자신만
을 들여다보며 찾을 수 있는 귀중한 시간이 주어졌다는 것이다. 분

명 남들보다 더 큰 생각과 마음으로 세상을 볼 수 있는 혜안을 얻을 기회다.

자신에게 '왜'라는 질문을 죽을 때까지 던지지 못하는 사람들이 더 많기에 삶의 어느 순간 '왜'라는 생각이 들면 또 다른 행복이 기다리고 있는 것이리라.

 냉방병

●

매년 여름 더위와의 싸움은 이겨서 끝나는 것이 아닌 견디고 버텨내니 더위란 놈도 포기하고 지쳐서 가버리는 것 같다. 그리고 다가온 선선한 바람은 왜 그랬냐며, 굳이 더위와 싸울 필요가 있었냐며 위로하듯 어깨에 맺힌 땀방울을 식혀준다. 괴로운 시간은 언제나 그랬듯 1분 1초가 더디게 간다. 어떻게든 주위의 것들을 이용해 고통과 괴로움의 시간을 떨쳐내려 애쓴다. 애를 썼더니 병이 생겼다. 냉방병이다.

이해가 되지 않는 것이 있다. 여름에 더위를 이기려 반대의 시원한 것을 과하게 접하면 냉방병이 걸리지만, 겨울에 추위를 이기려 따뜻한 것을 과하게 접하면 포근해질 뿐이다. 그리고 생각해본다. 더위는 고통이라기보단 누군가가 자신을 시험하기 위해 세상에 잠시 내려온 것이라고. 충분히 그럴 만도 하다. 더위에 지쳐버린 몸과 마음을 식히려 시원한 음료를 하루 종일 들이켜고, 인위적인 차가운 것들과의 하루를 보내고 난 뒤에 차가운 물로 샤워를 하는 것보다 미지근하거나 따뜻한 물로 샤워를 하는 것이 더 개운하고 상쾌하다.

다시 한 번 '과유불급'이라는 말을 실감한다. 그러나 현실의 삶은 이성적인 생각과는 늘 거리를 두고 있다. 그것들은 자신의 의지가 부족해서가 아닌, 그리고 망각해서도 아닌, 그냥 평범한 보통의 삶이다. 수많은 계절 중 이별의 계절은 어디에서도 따뜻함을 찾아볼 수 없다. 뜨거운 한여름의 이별 또한 내리쬐는 태양을 무시한 채 뜨거워진 피부의 화기를 느끼지 못하고 얼어버린 마음만 안고 다음 계절을 기다린다.

누구든 한동안은 냉방병을 안고 살아갈 것이다. 이내 더한 고통이 다가올 겨울이 올 것을 알지만 빨리 지나가길 바랄 뿐이다.

계절의 봄을

마음의 봄을

가져다주길 간절히 바라면서 말이다.

끝나버린 것들에 온갖 미움과 고통을 안고 가면 결국 남는 것은 아무것도 없다. 오히려 새롭게 찾을 수 있는 사랑과 행복이 줄어들 뿐이다. 그래서 흘러버렸으면 한다. 순간의 큰 기쁨을 간직해야 한다고 아무리 발버둥을 쳐봤자 미세한 것들만 남는다. 괴로움과 고통을 떨치고 싶어 눈물, 콧물 다 쥐어짜봤자 결국엔 시간 안에 잔잔히 묻힌다. 중요한 건 나 자신이다. 의도했든 의도하지 않았든 상처를 건네려는 타인의 행위에 아랑곳하지 않는 단단한 마음을 쌓는 것이 중요하다.

끝을 염두에 두는 시작은 그 어디에도 없을 테지만 다시 거슬러 오르지 않는 물처럼 모든 것은 흘러간다는 마음으로 시작한다면 조금이나마 소중한 자신을 더욱 단단히 묶을 수 있을 것이다.

 딱정벌레

기억은 시간이 흐를수록 사라지는 듯하면서도 선명한 추억으로 남는다. 고달픈 현실에 쓴웃음을 삼키다가도 추억 한 조각에 숨길 수 없는 미소가 떠오르기도 하고, 멈출 수 없는 눈물을 흘리기도 한다. 바쁜 삶 속에서 잊고 있었던 물건이 사라진다거나 단종된다는 소식을 들었을 때 뭔가 괜히 기분이 이상해지고 씁쓸해질 때도 있다.

나는 운전하는 걸 그다지 좋아하지 않아 차에 대해 큰 관심이 없다. 그래도 편리를 위해 어쩔 수 없이 경차를 소유하고 있지만 운전에 대한 스트레스가 많다. 그런데 아이러니하게도 가끔 불쑥불쑥 큰 차에 대한 욕심이 들어 그런 스스로에게 짜증날 때가 있다. 외제차를 구경하기도 하고, 특이한 엠블럼이 새겨진 차는 뭔지 찾아보기도 하고, 점점 미래지향적인 형태의 차들을 보면 예전에 부의 상징이었던 네모반듯한 모양의 차들을 더 이상 도로에서 찾아볼 수 없음에 새삼스레 세상이 변한 것을 느낀다. 더욱이 대부분이 무채색인 자동차들 속에서 파란색이나 빨간색인 원색의 자동차를 보면 신기한 듯 한참을 쳐다보곤 한다.

특이한 모양 때문에 한때 젊은 친구들에게 인기가 있었던 폭스바겐 뉴 비틀, 일명 '딱정벌레' 자동차는 이젠 도로에서 찾아보기가 힘들다. 인터넷에 검색해보니 2019년부로 완전히 단종되었다는 기사가 있었다. 그 기사를 읽은 후 기억에도 없는 아련함으로 한동안 멍한 일상을 보낸 것 같았다. 분명 자동차는, 더욱이 그 자동차는 내 삶과 인생에 단 한 번도 영향을 준 적이 없었는데도 사라진다는 말을 들으니 기분이 짠했다. 기억 속 어딘가에 묻히는 듯 했다. 시작이 있으면 끝이 있고, 탄생이 있으면 소멸도 있듯이 당연하고 자연스러운 일인데 말이다.

어쩌면 잊힌다는 것, 사라진다는 것은 무조건적인 소멸을 뜻하지 않을 수도 있다. 어떻게 보면 또 다른 기억이 새겨질 자리를 만드는 일이다. 지우고 새기고를 반복하는 삶 속에서는 원하는 행복만을 싹틔울 순 없다. 피어나는 꽃나무들 사이에서 내가 알지 못했던 낯선 무언가가 단단한 기둥이 되어 삶을 지탱하고 있었을 수도 있으니까.

외롭다
생각하지마

●

지하철에서 사람들을 관찰해보면 개미떼가 줄지어 움직이듯 대부분 일률적으로 움직인다. 대부분은 우측통행을 잘 지키고 에스컬레이터도 한 줄로 타며 질서를 잘 지킨다. 그런데 간혹 몇몇은 계단을 이용한다. 짧은 계단이야 혼잡을 피하려 이용할 수도 있겠지만 그 누가 봐도 고개를 젓게 되는 계단도 서슴없이 묵묵히 오르는 사람들이 있다.

나도 가끔은 긴 계단을 오르긴 한다. 운동이라 생각하고 계단을 이용하지만 결국 중간쯤에서 긴 숨을 몰아쉰다.

"생각이 짧았어. 판단 미스야."

혼자 중얼거리면서 무릎을 짚는다. 그러나 길든 짧든 늘 계단을 이용하는 사람들이 있다. 나이불문, 성별불문, 건강을 위해 혹은 정신과 감정의 수행(?)을 위해 항상 이용하는 사람들이 있다. 그러면 어김없이 엘리베이터나 에스컬레이터를 이용하는 사람들의 시선은 잠깐 그 사람에게 향한다. 대부분은 그러거나 말거나 별 신경을 안 쓰겠지만 몇몇은 사서 고생한다고 생각할 것이다.

남들이 가지 않는 길을 가는 사람들은 자신만의 소신으로 만족과 행복을 얻는다. 그리고 일부는 타인에게 박수도 받을 것이다. 하지만 그것을 위해 계단을 오르는 이는 없다. 남들과는 다른 관점이 자신을 이롭게 한다는 소신으로 묵묵히 나아가다 보니까 남들이 얻기 힘든 것을 얻기도 하는 것이다.

남들과 모든 걸 함께 할 수 없는 순간들이 외롭다는 생각은 하지 않는다. 결국엔 내 곁에 많은 사람이 올 거라는 걸 안다. 알아봐주고 인정받는 순간이 존재할 것이며 설사 아무도 알아주지 않는 길일지라도 분명 그 끝자락에는 밝게 빛나는 무언가가 반드시 있을 것이다.

쉽지 않은
길

첫 책의 원고를 거의 완성했을 무렵 가까운 친구에게 소식을 전했다. 낙서처럼 끄적이기 시작한 글들을 묶어 출간하려고 알아보고 있다고. 대단하다는 칭찬 뒤에 예상했던 대로 염려스러운 말이 따라왔다.

"왜 쉽지 않은 길을 가려고 해."

그 말에 나는 연신 입술에 침만 발랐다. 대화가 거의 끝나갈 때쯤 내가 물었다.

"하는 일은 괜찮고 행복하니?"
"뭐 그렇지. 그럭저럭할 만하고 버틸 만해."

"그래서 지금 사는 게 행복하니?"
"뭐 그리 못 마땅한 것도 없고 불행하지도 않아."

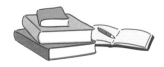

그날 친구에게 나는 지금 너무 행복하다는 말을 하지 못했다. 내 안부를 궁금해하고 걱정해주는 친구가 정말 고맙고 감사했지만 한편으로는 내 마음을 조금 더 알아줬으면, 하는 약간의 서운함도 마음 한구석에 떠올랐다.

아침에 어디론가 출근해서 열심히 일을 하며 월급날을 손꼽아 기다리는 삶은 쉬운 길일까? 과거에 나도 회사를 다녔던 경험을 생각해보면 행복은커녕 지옥 같은 삶이었다. 출근 시간부터 시작된 미세한 두통이 퇴근할 때쯤 사라지는 하루의 반복이었다. 먹고살기 위한 최소한의 돈이 한 달에 한 번씩 입금되는 날도 전혀 기다려지지 않았다. 여러 일을 해보며 깨달은 건 세상에 쉬운 일이 하나도 없다는 것이다.

누구든 세상의 기준은 자신이다. 하지만 가까운 사람들에게는 이해할 수 없는 일일지라도 긍정의 표현을 해줘야 된다고 생각한다. 지나친 걱정은 미래의 기회를 놓치게 만든다. 이해가 안 되는 삶을 사는 사람들의 모습은 어쩌면, 누군가는 평생 느낄 수도 없고 가질 수 없는 행복의 모습일 것이다.

"쉽지 않은 길 같은데 정말 대단하세요. 제가 하는 일도 쉽지는 않지만 열심히 해보려고 합니다."

진심이 담긴 응원은 그 무엇보다 상대와의 거리를 돈독하게 만든다. 동시에 자신이 생각지도 못한 삶과 인생의 간접 경험임을 인지해야 한다. 그것은 내가 해보지 못한 많은 것을 경험할 수 있는 중요한 순간이다.

신념의
또 다른 이름

신념을 갖는 것은 중요하다.

그러나 뭐든 과하면 좋지 않다. 적도 많아지고 안티도 많아진다.

나한테나 신념이지 고집 세고 옹졸하게 느껴질 수 있기 때문이다.

신념다운 신념이 있다면, 변치 않는 신념으로 삶을 살면 더 이상 흔들리지 않을 수 있다. 슬픔과 불행에도 그리 많은 감정을 이입하지 않고 다운되지 않는 것이다.

나 또한 변치 않는 신념을 갖고 살아간다. 좋게 말하면 감정 조절을 할 줄 알게 된 것이고 나쁘게 말하면 감정도 없는 무미건조한 사람이 된 것이다. 그리고 아이러니하게도 예전보다 눈물이 많아졌다.

첫 책을 출간한 이후부터 지금까지 내게 온 이 행운에 감사한다. 본격적으로 글을 쓰기 시작한 건 고작 3년 남짓뿐이 되지 않지만 내 생각과 감정을 표현하는 일은 다른 방식으로 꾸준히 해왔다. 그러면서 매번 결과물을 만들어내지 못하는 좌절을 수도 없이 겪었다. 그러던 중 원하고 바라던 구체적인 모습으로 나온 것이 '책'이다. 근 20년을 꿈꿔온 꿈이 현실이 된 것이다.

애초에 이루고 싶었던 구체적인 모습은 시간이 지나면서 흐려졌지만 그 신념은 늘 가슴 한쪽에서 숨 쉬고 있었기에 빛을 발한 것 같다. 그것이 한때는 누군가에게 이해할 수 없는 소신으로 비춰져 관계가 멀어진 적도 있었고, 섞일 수 없는 고집으로 스스로 튕겨져 나온 적도 수두룩했다. 그러나 가슴 한쪽에서 늘 빛나고 있는 꿈을 돌아보며 그 어떤 상황에도 절대 놓지 않았다.

나는 언제나 자신 있고 당당한 모습으로 나의 길을 걸어왔고 앞으로도 그럴 것이다. 그렇지만 여전히 가까운 이들의 눈엔 현실을 직시하지 못하는 아웃사이더로 비치고 있다.
홀로 걸어가는 길에 주변을 신경 안 쓰려고 늘 노력하지만 여전히

괴롭고 힘든 일은 많다. 그래도 절대 나 자신을 저버리지 않는다. 나는 행복할 수 있다고 믿기 때문이다. 그러나 종종 내게 소중한 이들이 나를 이해하고 안아주지 않는다는 사실을 떠올릴 때면 보이지 않은 창살에 갇힌 듯 굳을 때가 있다.

삶에는 이해할 수 없는 것들이 너무나 많다. 사람들은 이해하지 못하는 것을 만나면 피하거나 가까이하지 않는다. 저마다가 지닌 울타리의 높이와 두께, 모양이 다르기 때문이다.

나 역시 오랜 시간 내 울타리를 허물려고 노력하고 있지만 완전히 허물거나 없애는 것은 불가능하다는 걸 깨달았다. 높이나 두께를 줄여나가는 것에 한계를 느꼈을 때쯤 다른 생각을 해보기로 했다. 되도록 투명하고 흐릿하게 지우는 법을. 앞으로 살아가면서 또 어느 누구와 의견이 맞지 않고 충돌한다면, 누군가 내게 "넌 도대체 왜 그러니?" "왜 그러는 건데요?"라고 질책한다면 당당히 이렇게 대답할 것이다.

"행복해지고 싶어서요."

낙심을
줄이는 방법

●

사람들은 매사에 두 손 모아 기대를 하고 물건이건, 사물이건, 자신에게 주어지는 모든 것이 자신의 기준보다 높아야 기쁨과 행복을 얻는다 생각한다. 그런 일상을 욕심이라 여기는 사람은 거의 없다. 개개인마다 가치관이 조금씩 다르겠지만 어떠한 일과 상황에서 기대치보다 못하거나 부족한 것을 만족해하는 사람은 단 한 명도 없을 테니까.

마음을 비우는 것은 평생 너무 어렵고 힘든 일이다. 한 번 사는 세상 뭐든 최고를 바라고 최고를 누리고 싶어 한다. 그러기 위해서는 감내하고 감당해야 하는 것들이 많다. 물에 물 탄 듯 술에 술 탄 듯한 삶을 원하는 사람은 없다. 발전하고 나아가기 위해 쓰러지고 넘어지고 하는 것이 그 누가 봐도 진취적인 아름다운 삶이다. 낙심은 그렇게 쓰러지고 넘어지고를 반복할 때 생기는 작은 상처에 불과한 것이다.

원하는 것과 목표에 몸과 마음이 쏠려 있다면 작은 상처는 회복하고 재도약하는 기회로 삼을 수 있다. 오히려 머뭇거리거나 기대하는 쓸데없는 시간이 쌓일수록 생각지도 않게 스쳐 지나가는 낙심의 상처는 커진다. 묵묵한 발걸음이 쓰러지지 않는 마음을 유지해줄 수 있다. 쉬어갈 수는 있겠지만 오랫동안 멈추진 않았으면 한다. 흐르는 물이어야만 당신 안에 잠들어 있는 꽃의 씨앗을 싹틔울 테니 말이다.

에필로그

저는 성선설을 믿습니다. 나쁨과 부정, 악함은 살아가면서 어쩔 수 없는 현실로 인해 잠시 몸과 마음 그리고 영혼이 안 좋은 쪽으로 흘러가는 것뿐입니다.

누구나 그럴 수 있습니다. 그것이 우리의 흔한 모습입니다. 그러나 분명 그것이 내 본연의 모습은 아닐 겁니다.

이럴 수도, 그럴 수도, 저럴 수도 있는 인생입니다. 다만 만인이 부정하는 모습에 오랫동안 빠져 있으면 자신이 잘못되었다는 인식을 하지 못합니다. 그래서 필요한 것이 긍정의 마음입니다.

그러나 쉽게 얻거나 가질 순 없습니다. 연습이 필요합니다. 괜찮다는 연습, 좋다는 연습, 아무렇지 않다는 연습. 쉽사리 바뀌지 않아 쓸데없는 시간낭비라 여겨질 수도 있지만 분명 내면에 무언가를 움직이며 원하는 것을 얻게 해줄 것입니다.

원하는 대로만 살 수 없는 세상에서 우리는 행복을 최대한 얻고 싶어 합니다. 사람들이 늘 하는 말이 있습니다.

"행복은 멀리 있는 것이 아닌 가까운 곳에 있다."

하지만 행복은 정해진 것도, 일률적인 모양이나 모습도 없습니다. 누구나 살아가면서 범하는 오류가 표면적으로 좋아 보이는 객관적인 것들에 심취하는 것입니다. 자신이 어떤 행복을 원하는지 모르고 맹목적으로 좋아 보이는 것만 찾습니다. 주관과 소신이 없어서 그런 건 아닙니다. 자기 자신을 들여다보는 시간이 그리 많이 주어지지 않아서입니다.

여유가 생기고 휴식이 주어지면 정신없는 일상에서 벗어나 많은 취미활동을 하고 다양한 사람들과의 관계를 맺습니다. 그런 시간들이 많아질수록 자신을 알아갈 수 있다고 생각합니다. 물론 몰랐던 것을 알고 새로운 것을 접하는 기회와 시간은 너무나 값지지만 그런 것들은 온전히 자기 자신을 알고 인지하며 품으려는 것과는 거리가 있습니다.

다양한 삶의 경험 속에서 자신을 찾으려는 노력과 행위는 결국 누구나 흔히 원하는 행복을 얻고자 하는 마음입니다. 그래서 늘 긍정의 생각을 품으려 하고 보이지 않던 행복을 주위의 가까운 곳에서 찾으려 합니다.

말씀드렸듯 행복은 정해진 모양이나 모습이 없습니다. 많은 돈을 갖는 것이 행복이라면 혹은 무엇보다 건강이 행복이라면 다른 건 전부 미뤄두고 무조건 돈을 벌고, 무조건 건강하기 위해 운동을 해보세요.

그렇게 좋은 것들을 좇는 삶이라 해도 좋지 않은 것들이 반드시 그 사이사이에 숨어 있습니다. 그것들을 인정하려 하지 않기에 막상 마주하면 쉽게 무너져버립니다.

삶에서 부정적인 것들을 외면하지 않고 겸허하게 받아들인다면 긍정적인 것들을 받아들일 자리를 마련할 수 있습니다. 그렇게 긍정이 뿌리내린 마음으로 나쁘고 부정적인 것들에 쉽게 빠지지 않게 된다면 우리는 행복해질 수 있습니다.

세상의 모든 것은 선과 선의 만남입니다. 그 선들이 면을 이루고 여러 사물과 공간이 됩니다. 그 속에서 사람들은 안정을 느낍니다. 어쩌면 그 안정을 행복이라고 여겨 그 속에 들어가기 위해 애쓰는 것일지도 모르겠습니다. 하지만 시선을 조금만 바꿔보면 흐트러짐 없는 선과 모서리도 곡선의 형상으로 여기저기 굴러가고 이동할 것입니다. 부드러운 많은 것, 동그란 많은 것으로 세상을 더 둥글게, 이롭게 느껴지게 하는 행복으로 스며들 것입니다.

언제나 미소 지으며 웃을 수만은 없는 인생이지만 그 미소와 행복은 당신이 원하면 언제든 가질 수 있을 거라고 저는 확신합니다. 언제나 행복하세요.